이방인

휴머니스트 세계문학 031

이방인
L'ÉTRANGER

알베르 카뮈 | 박해현 옮김

차례

제1부 007

제2부 077

부록 미국판 서문 146

해설 | 태양의 두 얼굴 149

일러두기

1. 번역 대본으로는 Albert Camus, *L'Étranger*(Gallimard, 2015)를 사용했다.
2. 주석은 모두 옮긴이 주다.

제1부

1

오늘, 엄마가 죽었다. 혹시 어제였는지도 모르겠다. 나는 양로원으로부터 전보 한 통을 받았다. "모친 별세. 장례식은 명일. 근조." 그래서는 전혀 알 길이 없다. 아마도 어제였겠다.

양로원은 알제에서 80킬로미터 떨어진 마랭고에 있다. 나는 2시에 버스를 탈 것이니 해 떨어지기 전에 도착하겠다. 그러고 나서 밤샘하고, 내일 저녁에나 돌아오겠다. 사장에게 이틀 휴가를 신청했는데, 사정이 이런 만큼 그는 거절할 수 없었다. 하지만 그는 마뜩잖은 표정이었다. 나는 그에게 이런 말도 했다. "제 불찰이 아닙니다." 그는 대꾸하지 않았다. 생각해보니 그렇게 말하지 말았어야 했다. 아무튼 내가 변명할 필요는 없었다. 오히려 그가 위로의 말을 건넸어야 했다. 하지만 그는 모레 내가 검은색 옷차림을 하고 나타나면 아마도 조의를 표할 것이다. 지금은 엄마가 아직 죽지 않은 듯했다. 장례식이 끝나면, 전혀 다르게, 엄마의 죽음은 기정사실이 될 것이고, 모든 일이 공식적으로 매듭지어질 것이다.

나는 2시에 버스를 탔다. 몹시 더웠다. 늘 그러듯이, 셀레스트의 식당에서 밥을 먹었다. 모든 사람이 내게 위로의 말을 건넸고, 셀레스트는 "누구에게나 엄마는 딱 한 분이야"라고 말했다. 내가 자리를 뜨려고 하자 사람들이 문까지 배웅해줬다. 나는 약간 경황이 없었다. 에마뉘엘의 집에 올라가서 검은색 넥타이와 상장(喪章)을 빌려야 했다. 그는 몇 달 전에 삼촌을 잃었다.

나는 버스를 놓치지 않으려고 냅다 달렸다. 그토록 서둘렀고, 그토록 달린 데다가 울퉁불퉁한 도로 때문에 흔들렸고, 휘발유 냄새를 맡았고, 길에 강렬하게 반사된 햇빛에 눈까지 부신 터라 스르륵 잠이 들었다. 버스로 이동하는 거의 내내 잠을 잤다. 눈을 뜨자 나는 어느 군인의 몸에 기대 있었고, 그는 웃으면서 멀리서 왔느냐고 물었다. 나는 "네"라고 말했다. 더는 말을 섞지 않으려고.

양로원은 마을에서 2킬로미터 떨어져 있었다. 나는 걸어서 길을 갔다. 엄마를 곧바로 보고자 했다. 하지만 양로원 관리인은 내가 원장을 먼저 알현해야 한다고 말했다. 원장이 업무 중이었으므로 나는 잠시 기다렸다. 그동안 줄곧 관리인이 떠들었는데 이윽고 나는 원장을 만났다. 그는 집무실에서 나를 맞았다. 키 작은 노인이었지만, 레지옹 도뇌르 훈장을 가슴에 달고 있었다. 그는 맑은 눈빛으로 나를 바라봤다. 그리고 그가 내 손을 잡았는데 너무 오래 악수하는 바람에 나는 어떻게 손을 빼야 할지 몰랐다. 그는 관련 서류를 훑어보더니 내게 말했다. "뫼르소 부인은 3년 전에 이곳에 입소하셨습니다. 당신이 유일한 부양자였네요." 그가 어쩐지 질책한다고 여긴 나는 그에게 설명하기 시작했다. 하지만 그는 내 말을 끊었다. "당신은 굳이 변명할 필요가 없어요, 젊은이. 당신 모친의 서류를 읽어봤어요. 당신은 모친을 온전하게 부양할 형편이 못 됐어요. 모친에게는 간병인이 필요했지요. 당신의 급여는 그리 넉넉하지 않은데 말입니다. 솔직히 말씀드리자면, 모친은 여기서 우리와 함께 있는 게 더 행복했어요." 나는 말했다. "네, 원장님." 그가 덧붙였다. "당신도 알다시피 모친은 또래의 친구들을 두었어요. 모친은 그분들과 함께 지난 시절의 일들을 놓고 이야기를 나눌 수 있었어요. 당신은 젊으니까, 모친은 당신과 함께 있었다면 지루했을 겁니다."

맞는 말이었다. 한집에 살 때 그녀는 말없이 나를 뒤쫓아 바라보면서 온통 시간을 보냈다. 양로원에 들어와서는 처음

며칠 동안 그녀는 자주 울었다. 하지만 습관 때문이었다. 몇 달이 지나고서는, 그녀는 양로원에서 나가야 한다고 했으면 울었을 것이다. 언제나 습관 때문이다. 그런 까닭으로 지난해 내가 그리 자주 양로원에 오지 않게 됐다. 또한 양로원에 오려면 일요일을 바쳐야 하기 때문이기도 했다. 버스를 타러 가서 승차권을 끊고 두 시간을 길에서 보내야 하는 수고는 말할 것도 없고.

원장은 내게 계속 말했다. 하지만 나는 듣는 둥 마는 둥 했다. 이윽고 그가 "아무래도 당신은 모친을 뵙고 싶겠지요"라고 말했다. 내가 아무 말도 없이 일어서자 그가 방문 쪽으로 앞장섰다. 계단에서 그는 내게 설명했다. "우리는 모친을 작은 영안실에 모셨어요. 다른 사람들을 자극하지 않으려고요. 한 입소자가 사망할 때마다 다른 사람들은 이틀이나 사흘 동안 신경이 예민해집니다. 그래서 이런 업무가 어렵습니다." 우리는 노인들이 대거 모여서 작게 무리 지어 끼리끼리 수다를 떠는 정원을 가로질렀다. 우리가 지나가자 그들은 입을 다물었다. 그리고 우리 등 뒤로 대화가 다시 이어졌다. 앵무새들의 희미한 재잘거림 같다고나 할까. 어느 작은 건물 입구에서 원장은 나와 헤어졌다. "뫼르소 씨, 저는 이만 물러갑니다. 집무실에 있을 테니 필요한 일이 있으면 찾아주세요. 규정에 따라 장례식은 내일 오전 10시에 열릴 예정입니다. 그러니 당신은 고인을 밤새 추모할 수 있어요. 마지막으로 한 말씀 더 드리자면, 모친께서는 친구분들에게 종종 종교적 매장을 원한다고 말씀하신 듯합니다. 제가 알아서 필요한 준비는 다 했습니다. 하지만 당신께 이 점에 대해 말씀드리고 싶군요." 나는 그에게 감사했다. 엄마는 무신론자는 아니었지만, 생전에 한 번도 종교에 대해 생각해본 적이 없었다.

나는 안으로 들어섰다. 영안실은 석회로 칠을 해놓았고, 천장은 유리로 덮여 있어서 매우 밝았다. 실내는 의자들과 X 자 모양의 받침대로 꾸며놓았다. 방 한가운데에 있는 받침대 두 개 위에 뚜껑이 닫힌 관이 놓여 있었다. 갈색의 호두 껍데기 염료를 칠한 관에 살짝 박힌 나사가 반짝이면서 또렷이 보일 뿐이었다. 관 가까이에는 흰색 작업복을 입고 화사한 색깔의 히잡을 쓴 아랍인 간호사가 있었다.

그때 관리인이 내 등 뒤에서 들어왔다. 헐레벌떡 뛰어온 모양이었다. 그는 말을 좀 더듬었다. "관 뚜껑을 닫았지만, 당신이 모친을 볼 수 있도록 나사를 풀게요." 관에 다가가는 그를 내가 제지했다. 그가 말했다. "원치 않으세요?" 나는 답했다. "원치 않아요." 그는 멈추었고, 나는 굳이 그렇게 말할 필요는 없었다는 느낌이 든 나머지 마음이 불편했다. 잠시 후 그는 내게 물었다. "왜요?" 하지만 그는 나무라지는 않고, 마치 그냥 궁금하다는 듯이 물었다. 나는 말했다. "저도 모르겠어요." 그러자 그는 흰색 콧수염을 만지작거리면서 나를 쳐다보지도 않은 채 말했다. "저도 이해합니다." 그는 푸른 눈동자가 맑았고, 안색은 약간 붉었다. 내게 의자를 권했고, 자신은 내 뒤에 바짝 앉았다. 관을 지키던 간호사가 일어나서 출구 쪽으로 나아갔다. 그때 관리인이 내게 말했다. "저 여자는 농양을 앓고 있어요." 나는 무슨 말인지 알아듣지 못해 간호사를 바라보았고, 그녀의 두 눈 아래로 머리를 한 바퀴 두른 붕대가 감겨 있음을 알아봤다. 코끝에서 붕대는 펑퍼짐했다. 그녀의 얼굴에서는 그 붕대의 흰색만 돋보일 뿐이었다.

그녀가 떠나자 관리인이 말했다. "저는 이만 물러갈게요." 내가 어떤 몸짓을 했는지 모르겠지만, 그는 남았다. 내 등 뒤에 그가 있는 게 불편했다. 실내는 저물어가는 오후의 아름다운 빛으로 가득 찼다. 무늬말벌 두 마리가 유리창에서 붕붕거렸다. 그러자 졸음이 나를 덮치는 게 느껴졌다. 나는 관리인을 돌아보지도 않은 채 말했다. "여기에 계신 지 오래됐나요?" 이내 그는 대답했다. "5년." 마치 내가 묻기를 쭉 기다렸다는 듯이.

이어서 그는 수다를 늘어놓았다. 누구라도 그에게 마랭고 양로원에서 관리인으로 지내다가 생을 마감할 팔자라고 말했다면 기겁했을 인물이었다. 그는 예순네 살이고 파리 출신이었다. 그때 내가 그의 말을 끊었다. "아하, 어르신은 이 고장 사람이 아니시군요." 이윽고 나는 그가 나를 양로원장에게 안내하기 전에 우리 엄마와 관련해 한 말을 기억해냈다. 그는 엄마를 서둘러 매장해야 한다고 말했다. 평야 지대에서는, 특히 이런 지역에서는 날씨가 뜨겁기 때문이라고 했다. 그때 그는 자신이 파리에 살았었고, 그 시절을 잊기 힘들다고 말했다. 파리에서는 시신을 사흘이나 때로는 나흘까지 묻지 않고 놔둔다고 했다. 이런 고장에서는 그럴 여유가 없고, 영구 마차를 뒤쫓아 뛰어야 할 판에 그럴 엄두를 낼 수조차 없다는 것이었다. 그때 관리인의 아내가 말했다. "입 닥쳐요. 이 신사분께 드릴 말씀이 아니랍니다." 늙은 사내는 얼굴을 붉히면서 사과했다. 나는 손사래를 치며 그의 말을 끊었다. "아닙니다, 아닙니다." 그의 말이 맞고 재미있다는 생각이 들었다.

그 자그마한 영안실 안에서 그는 극빈자였기 때문에 양로원에 들어왔다고 내게 일깨워줬다. 그는 나름대로 건강하다고 자부했으므로 관리인 자리에 자원했다는 거였다. 나는 아무튼 그도 입소자라는 사실을 지적했다. 그는 아니라고 말했다. 나는 그가 입소자들을 가리켜 "그들", "다른 사람들", 심지어 그보다 별로 더 나이 먹지 않은 입소자들을 두고 가끔 "노인네들"이라고 하는 말투에 이미 깜짝 놀랐다. 하지만 당연히 똑같은 처지는 아니었다. 그 자신은 관리인이었고, 어떤 경우에는 그들을 관리할 권한을 쥐고 있었다.

간호사가 그때 들어왔다. 갑자기 저녁이 됐다. 매우 빨리 밤이 유리 천장 위에서 짙어졌다. 관리인이 전기 스위치를 올렸고, 나는 갑작스러운 빛의 분출에 눈이 부셨다. 그는 저녁을 먹으러 구내식당에 가자고 내게 권했다. 하지만 나는 배가 고프지 않았다. 그러자 그는 카페오레 한 잔을 갖다주겠다고 제안했다. 나는 카페오레를 좋아하기 때문에 그래달라고 말했고, 그는 잠시 후 쟁반을 들고 돌아왔다. 나는 마셨다. 그러자 담배가 피우고 싶어졌다. 하지만 엄마 앞에서 그래도 되는지 몰라서 주저했다. 곰곰이 생각했지만, 그건 별일이 아니었다. 나는 관리인에게 담배 한 개비를 건넸고, 우리는 함께 담배를 피웠다.

잠시 후 그가 내게 말했다. "아시다시피 모친의 친구들도 밤샘하러 올 겁니다. 관례가 그렇습니다. 의자와 블랙커피를 가지러 갔다 와야겠어요." 나는 램프 중 하나를 끌 수 있는지 물어봤다. 하얀 벽에 튕긴 빛의 산란이 나를 피곤하게 했다. 그가 말하길 그건 불가능하다고 했다. 그렇게 설치되어 있어서 전부 켜든지 전부 끄든지 해야 한다는 거였다. 나는 더는 신경을 쓰지 않았다. 그는 나갔다가 돌아와서 의자들을 배치했다. 한 의자에 커피포트를 놓고 그 주변에 찻잔을 쌓았다. 그러고 나서 그는 엄마 건너편에서 나를 마주 보고 앉았다. 관을 지키는 간호사도 방 한구석에 등을 돌린 채 있었다. 나는 그녀가 뭘 하는지 볼 수 없었다. 하지만 그녀의 팔 동작으로 보아 뜨개질하고 있다고 짚어볼 수 있었다. 날씨가 온화했고, 커피 덕분에 몸이 따뜻해졌고, 열린 문을 통해 밤의 향기와 꽃 내음이 들어왔다. 나는 깜빡 존 모양이었다.

뭔가 스치는 바람에 잠이 깼다. 눈을 감았다가 떴으므로 실내는 한층 더 하얀색으로 현란해 보였다. 내 앞에는 어떤 그림자도 없었고, 각각의 사물과 각도, 모든 곡선이 눈이 아프도록 뚜렷이 도드라져 보였다. 바로 그때 엄마의 친구들이 들어왔다. 그들은 모두 여남은 명이었고, 침묵을 지킨 가운데 눈이 부신 등 빛 속으로 미끄러져 들어왔다. 그들은 전혀 의자를 삐걱거리지도 않고 앉았다. 나는 마치 태어나서 사람을 처음 보는 듯이 그들을 바라봤고, 얼굴 생김새와 옷차림 어느 하나도 놓치지 않았다. 그렇지만 나는 그들의 말소리를 듣지 못했고, 그들이 실제로 있는지조차 확신하기 어려웠다. 여자들은 거의 다 앞치마를 둘렀고 허리띠를 잔뜩 졸라맸으므로 배가 더 부풀어 보였다. 나는 할머니들이 그처럼 배가 나올 수 있는지 주목한 적이 없었다. 남자들은 대부분 매우 여위었고 지팡이를 짚었다. 놀랍게도 나는 그들의 얼굴에서 눈동자를 보지 못했고, 단지 주름살 더미 속에서 희미한 번득임을 보았을 뿐이었다. 그들은 자리에 앉더니 대부분 나를 바라보면서 힘겹게 고개를 까딱였다. 그들의 입술은 치아가 빠진

입안으로 다 말려 들어간 상태였다. 나는 그들이 내게 인사를 건넨 것인지 아니면 입을 그냥 씰룩거린 것인지 알 수 없었다. 나는 그들이 내게 인사를 했다고 생각하기로 했다. 바로 그때 나는 그들이 관리인 주변에 모두 둘러앉아 나를 마주 보면서 고개를 꾸벅거리는 걸 알아차렸다. 한순간 그들이 나를 심판하려고 그 자리에 모여 있다는 우스꽝스러운 느낌이 들었다.

조금 있다가 여자들 가운데 한 명이 울기 시작했다. 그녀는 친구들 틈에 가린 채 두 번째 줄에 앉아 있었으므로 잘 보이지 않았다. 그녀는 규칙적으로 꺽꺽거리면서 울었다. 멈출 기미를 보이지 않았다. 다른 사람들은 그 소리를 못 듣는 척했다. 그들은 쇠약했고, 침울했고, 침묵했다. 그들은 엄마의 관을 혹은 저마다의 지팡이를 혹은 아무거나 바라봤지만, 그들이 바라볼 것은 그것뿐이었다. 그 여자는 계속 울었다. 나는 그녀가 누군지 몰랐으므로 놀랐다. 더는 그녀의 울음소리를 듣고 싶지 않았다. 그렇지만 감히 그녀에게 말하지 못했다. 관리인이 그녀를 향해 몸을 기울이고 말을 했지만, 그녀는 고개를 가로저으면서, 뭔가 알아듣지 못하게 중얼거리고는 변함없이 규칙적으로 계속 울었다. 그러자 관리인이 내 쪽으로 왔다. 그는 내 곁에 앉았다. 한참 뜸을 들인 뒤 그는 나를 쳐다보지도 않은 채 일러줬다. "저분은 당신의 모친과 매우 가까운 사이였습니다. 모친이 자기의 유일한 친구였다면서 이젠 아무도 없다네요."

우리는 오랫동안 그렇게 앉아 있었다. 그 여자의 탄식과 흐느낌은 점차 잦아들었다. 그녀는 몹시 훌쩍거렸다. 마침내 그녀는 입을 다물었다. 나는 더 졸리지 않았지만, 피곤한 데다가 허리까지 아팠다. 이제 내게 고통스러운 일은 그곳에 모인 사람들의 침묵이었다. 단지 때때로 기이한 소음을 들었고, 그게 무엇인지 알지 못했다. 결국 나는 노인들 가운데 몇몇이 뺨을 쪽쪽 빨아들이면서 야릇하게 혀를 차고 있음을 알게 됐다. 그들은 제 생각 속에 깊이 빠져 있느라 무엇을 하고 있는지 깨닫지 못했다. 그들의 한복판에 누워 있는 죽은 엄마가 그들에게는 아무것도 아닌 듯하다는 인상조차 받았다. 하지만 지금에 와서는 잘못된 인상이었다는 생각이 든다.

우리는 모두 관리인이 끓여준 커피를 마셨다. 그런 다음, 나도 모르겠다. 밤이 지나갔다. 내 기억으로는 어느 순간 내가 눈을 떴고, 노인들이 서로 포개져 잠자는 모습을 보았다. 예외적으로 오직 한 남자가 지팡이를 쥔 손등에 외투를 걸치고는 마치 내가 깨어나기를 기다렸다는 듯이 나를 뚫어지게 쳐다보고 있었다. 그리고 나서 나는 다시 잠이 들었다. 점점 더 허리가 아팠기 때문에 눈을 떴다. 여명이 대형 유리창 위로 미끄러졌다. 조금 있다가 노인들 가운데 한 명이 깨어나더니 심하게 기침을 해댔다. 그는 큰 체크무늬 손수건에 가래를 뱉었는데 매번 가래를 몸에서 뽑아내는 듯했다. 그로 인해 다른 사람들이 깨어났고, 관리인은 그들에게 숙소로 돌아갈 때가 됐다고 말했다. 그들은 일어섰다. 불편하게 밤을 지샌 터라 그들의 얼굴은 잿빛이 됐다. 놀랍게도 그들 모두가 나가면서 내 손을 꼭 잡아줬다. 마치 우리가 말 한마디 나누지 않은 채 보낸 밤이 우리 사이에 친밀감을 키웠다는 듯이.

나는 피곤했다. 관리인이 나를 제 숙소로 데려갔고, 나는 대충 세수를 할 수 있었다. 맛 좋은 카페오레를 또 마셨다. 밖으로 나오자 해가 완연하게 떠 있었다. 마랭고와 바다 사이를 가르는 구릉 위에서 해가 붉게 타올랐다. 그리고 구릉 위로 부는 바람이 소금 냄새를 이곳까지 안겨줬다. 화창한 날임이 분명했다. 들판에 나가본 지 오래된 나는 엄마 일이 아니었다면 산책하면서 누렸을 즐거움을 음미했다.

하지만 나는 마당에 심은 플라타너스 아래에서 기다렸다. 신선한 흙 내음을 맡자 더는 졸리지 않았다. 직장 동료들을 생각했다. 이 시각이면 그들은 출근하려고 잠자리에서 일어났다. 나로서는 항상 하루 중 가장 힘든 때였다. 나는 잠깐 더 그런 일에 대해 생각했지만, 양로원 건물 안쪽 어디선가 울리는 종소리에 정신이 산만해졌다. 창문 안쪽에서 한바탕 소란이 일어났다가 모두 잠잠해졌다. 태양은 조금 더 하늘 높이

솟았다. 그것이 내 발을 따뜻하게 데우기 시작했다. 관리인이 마당을 가로질러 와서는 원장이 나를 찾는다고 말했다. 나는 원장의 집무실로 갔다. 그는 나에게 몇 장의 서류에 서명하도록 했다. 그는 줄무늬 바지에 검은색 상의를 걸쳤다. 수화기를 손에 들더니 내게 물었다. "장의사들이 막 도착했습니다. 그들에게 관을 봉인하라고 할 작정입니다. 그 전에 모친을 마지막으로 한번 보시겠습니까?" 나는 아니요, 라고 말했다. 그는 목소리를 낮추면서 수화기에 대고 지시했다. "피자크, 사람들에게 진행해도 된다고 하세요."

그러고 나서 그는 장례식에 참석하겠다고 말했고, 나는 그에게 감사했다. 그는 사무용 책상 뒤편에 앉아 짧은 다리를 꼬았다. 그는 나와 자신 말고는 당직 간호사가 참석한다고 설명했다. 원칙적으로 입소자는 장례식에 참석하지 못했다. 원장은 입소자들의 철야 추모만 허용했다. "그건 그들에게 인간적으로 편의를 제공하는 방법"이라고 그는 언급했다. 하지만 특별히 이번에는 엄마의 오랜 남자친구가 운구 행렬을 따라가도록 허락했다. "토마 페레." 이때 원장은 미소를 지었다. 그가 내게 말했다. "당신도 아시다시피 그건 약간 유치한 감정이었어요. 하지만 그와 당신 모친은 서로 떨어지려고 하지 않았어요. 양로원에서는 모두가 두 사람을 놀렸지요. 사람들은 페레에게 말했어요. '이 여자가 당신의 약혼녀군요.' 그러면 그는 웃었어요. 그 덕분에 입소자들이 즐거워했지요. 사실은 뫼르소 부인의 사망이 그에게 큰 충격을 줬어요. 나는 굳이 그에게 장례식 참석을 불허할 필요가 없다고 생각했어요. 하지만 왕진 의사의 충고에 따라 나는 어제의 밤샘만은 금지했어요."

우리는 꽤 오랫동안 침묵을 지켰다. 원장은 자리에서 일어나더니 집무실 창밖을 내다봤다. 그 순간 그가 가리켰다. "이런, 벌써 마랭고의 주임신부가 오시네요. 일찍 오셨네요." 그는 마을에 있는 성당까지 걸어가려면 적어도 사십오 분은 걸린다고 일러줬다. 우리는 계단을 내려갔다. 건물 앞에는 주임신부와 두 명의 성가대 아동이 있었다. 둘 중 한 아이는 향로를 들고 있었고, 사제는 은사슬의 길이를 조절하느라 그 아이를 향해 몸을 숙이고 있었다. 우리가 나타나자 사제는 몸을 일으켰다. 그는 나를 가리켜 "몽 피스"●라고 부르곤 몇 마디 말을 건넸다. 그가 건물 안으로 들어가자 나는 뒤따라갔다.

얼핏 보니 관의 나사가 단단히 조여져 있었고, 실내에는 검은색 옷을 입은 남자 네 명이 있었다. 영구 마차가 도로에 대기 중이라는 원장의 말과 사제의 기도 소리가 동시에 들렸다. 그 순간부터 모든 일이 빠르게 진행됐다. 남자들이 관을 덮

● '내 아들'을 뜻하는 프랑스어. 프랑스의 가톨릭 사제가 남성 신도에게 쓰는 호칭.

을 천을 들고서 관 쪽으로 나아갔다. 사제와 그의 복사들, 원장과 나 자신도 밖으로 나갔다. 문 앞에는 내가 처음 보는 여성이 서 있었다. "뫼르소 씨입니다"라고 원장이 나를 소개했다. 나는 그 여성의 이름을 알아듣지 못했고, 단지 그녀가 담당 간호사라는 것만 인지했다. 그녀는 웃음 짓지 않은 채 길쭉하고 앙상한 얼굴을 숙였다. 이어서 우리는 운구가 진행되도록 길을 비켜섰다. 우리는 운구자들을 뒤따라서 양로원을 나왔다. 정문 앞에 영구 마차가 있었다. 마차는 길쭉하고 옻칠이 번쩍이는 바람에 장방형의 연필통을 떠올리게 했다. 마차 옆에는 우스꽝스러운 옷차림의 키 작은 장례 진행자, 그리고 거동이 어색한 노인이 서 있었다. 나는 그가 페레 씨임을 알아봤다. 그는 정수리 부분이 동그랗고 챙이 넓으면서 물렁물렁한 펠트 모자를 쓰고 있었고(관이 지나가자 모자를 벗었다), 바짓단이 돌돌 말린 바지를 입은 데다가 흰색 깃이 큼지막한 셔츠에 비해 너무 작은 검은색 나비넥타이를 맨 정장 차림이었다. 그의 입술이 검은색 점투성이 코밑에서 부르르 떨렸다. 귓바퀴가 괴상하게 구부러진 귀가 꽤 가는 백발 사이로 축 늘어진 채 드러났는데 그 핏빛 색깔이 희끄무레한 얼굴에서 도드라졌으므로 내게 충격적으로 다가왔다. 장례 진행자가 우리 각자의 자리를 지정했다. 주임신부가 앞장을 섰고, 이어서 영구 마차가 뒤따랐다. 마차 옆에는 네 명의 운구자. 그 뒤로는 원장과 내가 자리 잡았고, 행렬의 끝은 담당 간호사와 페레 씨가 형성했다.

하늘은 벌써 태양으로 가득 찼다. 태양은 대지를 짓누르고, 더위는 급격하게 치솟았다. 이유는 모르겠지만 행진이 시작되는 데 한참이 걸렸다. 나는 검은 상복을 입고 있어서 더위에 시달렸다. 그 왜소한 노인은 모자를 다시 벗어버렸다. 나는 그에게서 약간 등을 돌리고 있었는데, 원장이 그에 대해 말해서 그를 쳐다봤다. 엄마와 페레 씨가 종종 간호사를 대동한 채 저녁이면 마을로 산책하러 나가곤 했다고 원장은 말했다. 나는 주변의 시골 풍경을 바라봤다. 하늘에 잇닿은 구릉까지 이어진 사이프러스 행렬 사이로 다갈색과 녹색의 대지, 드문드문 예쁘게 흩어진 집들을 보면서 나는 엄마를 이해했다. 이 고장에서 저녁은 아쉬움이 섞인 평온함 같았을 것이다. 하지만 오늘, 끓어넘치는 태양으로 인해 전율하는 그 풍경은 무정하고 참담했다.

우리는 행진하기 시작했다. 그때 나는 페레 씨가 약간 다리를 절뚝거린다는 것을 깨달았다. 영구 마차가 조금씩 속도를 냈고, 그 노인은 자꾸 뒤처졌다. 마차를 에워싼 남자들 가운데 한 명도 낙오돼 나와 함께 걸었다. 나는 태양이 중천으로 솟아오르는 속도에 놀랐다. 이미 오래전부터 벌판이 벌레들의 노랫소리와 풀잎들의 사각거리는 소리로 웅성거리고 있음을 알게 됐다. 땀이 두 뺨을 타고 흘렀다. 나는 모자가 없었기 때문에 손수건으로 부채질했다. 장의 업체 직원이 내게 뭔가 말했지만 알아듣지 못했다. 동시에 그는 왼손에 든 손수건으로 이마를 닦으면서 오른손으로 모자챙을 들어 올렸다. 나는 그에게 말했다. "뭐라고요?" 그는 하늘을 가리키면서 되풀이했다. "무척 덥네요." 나는 대답했다. "그럼요." 조금 있다가 그가 내게 물었다. "영구 마차에 계신 이분이 당신 어머니요?" 나는 다시 말했다. "네." "연로하셨소?" 나는 대답했다. "웬만큼." 왜냐하면 내가 정확한 나이를 몰랐기 때문이다. 그러자 그는 입을 다물었다. 뒤를 돌아보니 페레 씨가 우리보다 50미터가량 뒤처져 있었다. 그는 펠트 모자를 치켜올려 흔들면서 서둘러 움직였다. 나는 원장도 쳐다봤다. 그는 쓸데없는 동작 없이 위풍당당하게 걸었다. 땀 몇 방울이 이마에 맺혔지만, 그는 닦아내지 않았다.

행렬의 속도가 조금 더 빨라진 듯했다. 내 주변으로는 여전히 햇빛으로 충만해 환하게 빛나는 벌판이 그대로 있었다. 작열하는 하늘은 견딜 수 없었다. 어느 순간 우리는 최근 포장 공사를 마친 도로의 한 구간을 지나게 됐다. 태양이 타르를 터뜨려버렸다. 발이 도로에 푹푹 빠지고, 끓어넘친 타르의 속살이 드러났다. 영구 마차를 올려다보니 푹 삶은 가죽으로 단단하게 만든 마부의 모자가 마치 검은 진창 속에서 빚어진 듯했다. 나는 파랗고 하얀 하늘과 그 밖에 다른 색깔들의 단색조 사이에서 약간 어찌할 바를 몰랐다. 터진 타르의 끈적끈적한 검은색, 상복의 음울한 검은색, 운구 마차의 옻칠 검은색. 그 모든 것, 태양, 가죽 냄새, 마차의 말똥 냄새, 옻칠 냄새, 향로 냄새, 불면의 밤으로 인한 피곤 때문에 보는 것도 생각하는 것도 힘들어졌다. 나는 한 번 더 뒤돌아봤다. 페레 씨가 저 멀리에서, 운집한 더위에 파묻혔고, 이내 더는 그를 못 보게 됐다. 내가 눈길로 그를 찾아다니자 그가 도로를 벗어나 들판을 가로지르는 게 보였다. 나 또한 눈앞에서 길이 꼬부라지는 걸 확인했다. 그곳 지리를 잘 아는 페레 씨가 우리를 따라잡기 위해 지름길을 취했다는 것을 깨달았다. 에움길에서 그는 우리와 합류했다. 그러고 나서 우리는 그를 또 잃어버렸다. 그는 다시 들판을 가로질렀고, 그러기를 여러 차례 되풀이했다. 나는 피가 관자놀이에서 솟구치는 걸 느꼈다.

그러고 나서 모든 일이 너무나 일사천리로 진행됐으므로 나는 더는 아무것도 기억하지 못한다. 단 한 가지는 기억난다. 마을로 들어서자 담당 간호사가 내게 말했다. 그녀는 용모에 어울리지 않게 특이한 음성을 지녔다. 멜로디가 넘치면서 떨림이 큰 음성이었다. 그녀는 내게 말했다. "천천히 간다면, 일사병에 걸릴 위험이 있어요. 하지만 우리가 너무 빨리 간다면, 땀투성이가 돼 차가운 성당 안에서 오한에 시달리게 됩니다." 그녀의 말이 옳았다. 빠져나갈 출구가 없었다. 그날의 몇몇 이미지를 나는 여전히 간직해왔다. 예를 들면 페레 씨가 마지막으로 마을 가까이에서 우리와 합류했을 때, 그의 얼굴. 흥분과 고통으로 인해 닭똥 같은 눈물이 두 뺨을 흠뻑 적셨다. 하지만 주름살 때문에 눈물은 흘러내리지 못했다. 눈물은 뺨을 칠하고, 다시 합쳐져서 피폐해진 그 얼굴 위에 수성 광택처럼 번들거렸다. 또한 교회와 보도 위의 마을 사람들, 공동묘지 무덤 위의 붉은 제라늄, 페레 씨의 까무러침(줄이 끊어져서 무너진 꼭두각시 같았다), 엄마의 관 위로 쏟아진 핏빛 흙, 거기에 뒤엉킨 풀뿌리들의 하얀 살, 다시 또 더 많은 사람, 더 많은 음성, 그 마을, 어느 카페 앞에서의 기다림, 끊임없이 발동 거는 모터 소리, 그리고 마침내 버스가 알제의 휘황찬란한 둥지에 들어섰을 때, 그리고 잠자리에 누워 열두 시간 동안 잠들기로 작심했을 때 나의 기쁨.

2

잠에서 깨어보니 내가 이틀 휴가를 신청했을 때 어째서 사장이 달갑지 않은 표정을 지었는지 이해하게 됐다. 오늘은 토요일이다. 사장과 대화할 때는 그 사실을 잊고 있었지만, 잠자리에서 몸을 일으키면서 그 생각이 머릿속에 번득 떠올랐다. 보나 마나 사장은 내가 목요일부터 일요일까지 나흘 내리 쉰다고 생각했을 테니 그리 즐겁지는 않았을 것이다. 하지만 한편으로는 오늘이 아니라 어제 엄마 장례식을 치른 건 내 잘못이 아니었고, 또 한편으로는 어찌 되었든 간에 나는 토요일과 일요일에 어차피 쉬었을 것이다. 물론 그렇다고 해서 사장이 달가워하지 않은 걸 전혀 이해하지 못하는 바는 아니다.

어제의 일정 때문에 피곤한 나머지 나는 일어나기가 힘들었다. 면도하는 동안 무엇을 할 것인지 궁리한 끝에 수영하러 가기로 했다. 전차를 타고서 항구 근처 공영 수영장에 갔다. 수영장에 들어서자마자 여러 레인 중 한 곳에 뛰어들었다. 젊은이들이 많았다. 물놀이하던 나는 마리 카르도나와 해후했다. 그녀는 한때 우리 사무실에서 타이피스트로 근무했다. 그 시절에 나는 그녀에게 욕정을 느꼈다. 내 생각엔, 그녀도 마찬가지였으리라. 하지만 그녀가 얼마 지나지 않아 퇴사한 바람에 우리는 사귈 겨를이 없었다. 나는 그녀가 매트 튜브 위에 오르도록 돕느라 손을 쓰다가 그녀의 젖가슴을 가볍게 스쳤다. 나는 계속 물속에 있었고, 그녀는 이미 튜브 위에서 배를 깔고 누웠다. 그녀가 나를 향해 돌아누웠다. 머리카락을 두 눈 위로 내려뜨린 채 웃고 있었다. 나는 튜브 위에 올라 그녀의 곁을 차지했다. 날씨가 화창했고, 장난을 치듯이 머리를 뒤로 젖혀 그녀의 배 위에 얹었다. 그녀는 아무 말도 하지 않았고, 나는 그대로 있었다. 하늘을 통째로 두 눈에 담았는데, 하늘은 푸르면서 황금빛이었다. 내 목덜미 밑에서 마리의 배가 부드럽게 숨 쉬는 걸 느꼈다. 우리는 설핏 잠이 든 채 튜브 위에서 오랫동안 누워 있었다. 햇볕이 너무 뜨거워지자 그녀가 물에 뛰어들었고, 나도 뒤따랐다. 내가 그녀를 따라잡아서 한 손으로 그녀의 허리를 감쌌고, 우리는 함께 헤엄을 쳤다. 그녀는 끊임없이 웃었다. 방파제에서 몸을 말리는 동안 그녀가 내게 말했다. "내가 당신보다 살갗을 더 태웠네요." 나는 그녀에게 저녁에 영화 보러 가겠느냐고 물었다. 그녀는 또 웃더니 페르낭델의 영화를 보고 싶다고 말했다. 우리 모두 옷을 다 갈아입고 나자 그녀는 내가 검은색 넥타이를 맨 걸 보곤 뜨악한 표정을 지으면서 상중이냐고 물었다. 나는 엄마가 죽었다고 말했다. 언제부터인지 그녀가 궁금해하길래 나는 말해줬다. "어제부터." 그녀는 약간 멈칫했지만, 아무런 언급도 하지 않았다. 나는 그건 내 잘못이 아니라고 말하고 싶었지만 이미 사장에게 그렇게 말했다는 생각이 들어서 그만두었다. 말하나 마나였다. 아무튼 누구나 조금씩 잘못은 하기 마련이다.

저녁이 되자 마리는 모조리 잊어버렸다. 영화는 틈틈이 웃겼다가 이윽고 진짜 너무 어처구니없었다. 그녀는 다리를 내 다리에 밀착했다. 나는 그녀의 젖가슴을 더듬었다. 상영이 끝날 무렵, 나는 그녀에게 키스했는데, 어설펐다. 영화관을 나선 뒤 마리는 내 집으로 왔다.

잠에서 깨어났더니 마리는 가버리고 없었다. 오늘 이모 집에 가야 한다고 그녀가 미리 얘기한 대로였다. 일요일이라는 생각이 들자 지긋지긋해졌다. 일요일이 싫다. 그래서 다시 침대로 되돌아가서, 마리의 머리카락에서 떨어진 소금 냄새를 찾아 킁킁거리다가 10시까지 잠잤다. 깨어나서는 줄곧 침대에 누워 정오까지 담배를 피웠다. 평소처럼 셀레스트의 식당에서 점심을 먹고 싶지 않았다. 왜냐하면 사람들이 분명히 질문을 해댈 것이고, 그게 싫었기 때문이다. 나는 달걀 요리를 해놓고서는 빵도 없이 프라이팬을 든 채 입을 대고 먹었다. 빵이 다 떨어졌지만 사러 내려가기 싫어서였다.

점심을 먹고 나자 나는 약간 따분해졌고, 아파트 안에서 서성거렸다. 엄마랑 함께 살 때는 적당한 크기였다. 이제 나 홀로 살기엔 너무 넓어서 부엌의 식탁을 내 방에 옮겨놔야 했다. 나는 이 방에서만 산다. 가운데가 움푹 들어간 밀짚 의자들과 누렇게 전 거울이 달린 옷장, 화장대, 그리고 구리 침대가 방을 채우고 있다. 나머지 물건은 그냥 버려뒀다. 잠시 후나는 뭐라도 해볼 요량으로 묵은 신문을 들고 읽었다. 크뤼션 소금 광고를 오려서 내가 신문에서 재미있게 읽은 것들을 모아놓는 공책에 풀로 붙였다. 나는 손을 씻고 나서 발코니로 나갔다.

내 방은 교외의 간선도로를 향해 나 있다. 오후는 화창했다. 하지만 포석이 깔린 도로는 미끈미끈했고, 몇몇 사람이 서둘러 지나다녔다. 그들은 주로 산책하러 나온 가족들이었다. 세일러복을 입은 사내아이 두 명은 무릎 아래까지 오는 반바지를 입었는데 옷이 뻣뻣해서 걸음새가 약간 어색했다. 어린 소녀는 굵은 분홍 리본을 달고 반질거리는 검정 구두를 신었다. 아이들 뒤로는 밤색 실크 원피스 차림의 풍채 좋은 어머니, 그리고 나랑 안면이 있는 꽤 홀쭉하고 왜소한 아버지가 걷고 있었다. 그 남자는 둥글고 납작한 밀짚모자를 썼고 나비넥타이를 맸는데 한 손에 지팡이를 짚고 있었다. 부인과 함께 있는 그를 보고 있자니, 나는 동네 사람들이 그를 두고 인품이 훌륭한 사람이라고 하는 까닭을 이해했다. 이윽고 동네 청년들이 지나갔는데, 머리에 헤어스프레이를 뿌린 청년들은 붉은 넥타이에 허리가 잘록한 상의를 입곤 윗주머니에 수놓은 장식 손수건도 꽂았고, 코가 네모난 구두를 신었다. 시내의 영화관에 가는 모양이었다. 그러니까 그토록 일찍 집에서 나와 매우 시끄럽게 웃어대면서 황급히 전차를 타러 갔다.

그들이 지나가자 거리엔 점차 인적이 끊겼다. 볼거리가 곳곳에서 시작됐다고 나는 생각했다. 거리에는 상점 주인들과 고양이들뿐이었다. 하늘은 청명했지만, 도로를 따라 늘어선 무화과나무 위로는 그리 환하지 않았다. 맞은편 인도 위에서는 담배 가게 주인이 의자를 꺼내 와 가게 문 앞에 거꾸로 놓은 뒤 등받이에 두 팔을 괴고 걸터앉았다. 조금 전까지 승객으로 꽉 찼던 전차들은 거의 비어 있었다. 담배 가게 옆 작은 카페 셰 피에로에서 웨이터가 빗자루를 들고 텅 빈 실내의 부스러기들을 쓸어내고 있었다. 일요일은 일요일이었다.

나는 담배 가게 주인처럼 의자를 돌려놓았다. 그게 더 안락해 보였기 때문이다. 담배 두 개비를 피우곤 집 안으로 들어가서 초콜릿 한 조각을 집어 나와 창가에서 먹었다. 잠시 후 하늘이 흐려지면서 여름 소나기가 금방이라도 쏟아질 기세였다. 그런데 하늘은 서서히 맑아졌다. 하지만 구름 떼의 이동은 거리를 더 어두컴컴하게 하면서 빗줄기를 예고하는 듯했다. 나는 오랫동안 하늘을 바라보느라 그 자리에 있었다.

5시, 전차들이 소란스럽게 도착했다. 교외의 축구 경기장에서부터 한 무더기 관중을 싣고 왔는데, 사람들이 전차 발판과 난간에까지 앉아 있었다. 뒤이은 전차들은 축구 선수들을 싣고 왔다. 그들의 손에 들린 작은 가방을 보고 알아봤다. 그들은 자기 팀이 패배를 모른다고 목청껏 소리를 지르고 노래를 불렀다. 그중 몇몇이 내게 손짓을 했다. 한 명이 내게 외쳤다. "우리가 이겼어." 그래서 나는 머리를 끄덕이면서 "그래"라고 말했다. 그 순간부터 자동차들이 넘쳐나기 시작했다.

날이 조금 저물었다. 지붕들 위로 하늘이 발그레해졌고, 저녁이 되자 거리는 활기를 띠었다. 산책객들이 하나씩 되돌아왔다. 나는 그들 속에서 인품이 훌륭한 사람을 알아봤다. 아이들이 울거나 손목을 잡힌 채 왔다. 거의 금방, 영화관들이 관객들의 물결을 거리로 쏟아냈다. 그들 가운데 젊은이들은 평소보다 결연한 몸짓을 했다. 모험 영화를 봤나 싶었다. 시내 중심가의 영화관에서 돌아오는 사람들은 조금 더 있다가 도착했다. 그들은 더 진지해 보였다. 그들은 계속 웃었지만, 때때로 피곤해 보였고, 몽상에 잠긴 듯했다. 그들은 거리에 머물면서 정면으로 보이는 인도 위를 왔다 갔다 했다. 동네의 젊은 아가씨들이 맨머리로 서로 팔짱을 낀 채 서 있었다. 젊은 사내들이 일부러 그녀들 쪽으로 가면서 우스갯소리를 던지자 아가씨들은 고개를 돌리면서 깔깔댔다. 그녀들 중 내가 아는 몇몇은 내게 손을 흔들었다.

그때 가로등이 느닷없이 켜졌고, 어둠 속에 떠오른 첫 별들이 창백해졌다. 나는 그처럼 사람들과 불빛들로 가득 찬 보도를 바라보느라 눈의 피로를 느꼈다. 가로등이 젖은 보도를 번들거리게 했고, 일정한 간격으로 운행되는 전차들이 빛나는 머릿결, 미소 혹은 은팔찌 위에 음영을 드리웠다. 잠시 후, 전차가 뜸해지고 밤이 벌써 가로등과 나무 위로 짙어지자 동네가 서서히 텅 비더니 첫 번째 고양이가 다시 인적이 끊긴 거리를 천천히 가로질러 갔다. 그러자 저녁을 먹어야겠다는 생각이 들었다. 의자 등받이에 너무 오래 턱을 괴었더니 목이 좀 아팠다. 나는 내려가서 빵과 파스타를 좀 사 왔고, 요리해서 선 채로 먹었다. 창가에 서서 담배를 피우고 싶었지만, 공기가 쌀쌀해져서 좀 추웠다. 나는 창문을 닫았고, 방으로 돌아오면서 거울을 힐끗 봤더니 알코올램프와 빵 한 조각이 나란히 놓인 테이블 한끝이 비쳤다. 또 한 번의 일요일이 늘 그렇듯이 지나갔고, 이제 엄마의 장례를 치렀고, 나는 다시 출근해서 일할 것이고, 그리고 요컨대, 아무것도 바뀌지 않았다는 생각이 들었다.

3

오늘 나는 회사에서 일을 많이 했다. 사장은 살갑게 굴었다. 그는 내가 너무 피곤하지 않은지 물어봤고, 역시 우리 엄마의 나이를 궁금해했다. 나는 실수하지 않기 위해서 "60대"라고 말했고, 그는 왠지 안도하면서 그 일은 종료됐다고 여기는 듯했다.

내 책상에 한 뭉치의 선하증권이 놓였고, 모두 꼼꼼하게 검토해야 했다. 점심 먹으러 사무실을 나서기 전에 손을 씻었다. 정오에 나는 이 순간을 좋아한다. 저녁엔 직원들이 쓴 두루마리 수건이 푹 젖어 있어서 기분이 좋지 않았다. 온종일 그 수건 한 장을 사용하기 때문이다. 어느 날 나는 그 문제를 사장에게 건의했다. 사장은 유감스럽지만 대수롭지 않게 지엽말단적인 사안이라고 답했다. 나는 조금 있다가 12시 반에 발송 부서에서 근무하는 에마뉘엘과 함께 나갔다. 사무실이 바다를 향하고 있어서 우리는 태양 아래 이글거리는 항구의 화물선들을 바라보느라 잠시 넋이 나갔다. 그 순간, 트럭 한 대가 쇠사슬을 철렁거리고 엔진의 폭음을 내면서 나타났다. 에마뉘엘이 "저거 올라탈까"라고 제안하자 나는 달리기 시작했다. 트럭이 우리를 지나치자 우리는 뒤쫓아 내달렸다. 소음과 먼지를 뒤집어썼다. 더는 아무것도 보지 못했고, 달리느라 뒤죽박죽인 몸의 약동을 느낄 뿐이었다. 나는 기중기와 기계들, 수평선에서 춤추는 돛대, 그리고 우리와 나란히 줄지어 선 선박들을 지나쳤다. 내가 먼저 트럭의 발판을 잡아 성큼 뛰어올랐다. 그리고 나서 나는 에마뉘엘이 앉도록 도왔다. 우리는 숨을 헐떡였고, 트럭은 태양과 먼지를 뒤집어쓴 채 울퉁불퉁한 항구의 포석 위를 덜컹거리며 달렸다. 에마뉘엘은 배꼽 빠지게 웃어댔다.

우리는 땀에 흠뻑 젖은 채 셀레스트의 식당에 도착했다. 그는 언제나 불룩한 배를 내밀고, 앞치마 차림에 하얀 콧수염을 기른 모습으로 자리를 지키고 있었다. 그는 내게 "그래, 괜찮아?"라고 물었다. 나는 그렇다고 한 뒤 배가 고프다고 말했다. 나는 허겁지겁 음식을 먹고서 커피를 마셨다. 이어서 집에 들렀는데, 포도주를 과음한 탓에 잠깐 잠이 들었고, 잠에서 깨자 흡연 욕구가 일었다. 시간이 늦어서 전차를 잡아타려고 달음박질을 쳤다. 나는 오후 내내 일했다. 사무실은 너무 더웠고, 저녁 퇴근길에 부둣가를 따라 천천히 걸으면서 귀가하다 보니 행복했다. 하늘은 녹색이었고, 마음에 쏙 들었다. 아무튼 나는 삶은 감자 요리를 만들어 먹고 싶어서 곧장 집으로 돌아왔다.

어두운 계단을 올라가면서 같은 층의 이웃인 살라마노 영감과 마주쳤다. 영감은 개와 함께 있었다. 둘이 함께 있는 걸 본 지 8년이 됐다. 스패니얼 종류인 그 개는 습진으로 보이는 피부병을 앓고 있어서 털이 다 빠지고 누런 반점과 딱지 투성이였다. 그 개랑 좁은 방에 단둘이서 살다보니 마침내 살라마노 영감은 그 개를 닮고 말았다. 얼굴에 불그스레한 반점이 났고, 노란 털이 듬성듬성 났다. 그 개도 주인을 닮아 등을 구부린 채 주둥이를 내밀고 목을 쭉 늘어뜨렸다. 그들은 같은 종족처럼 보이지만 서로 미워한다. 하루 두 차례, 오전 11시와 오후 6시에 영감은 개를 산책시킨다. 8년째 그들의 산책로는 변함이 없었다. 언제나 리옹 거리를 쭉 따라가는 그들이 보이고, 개가 살라마노 영감을 끌어당기는 바람에 결국 영감은 뭔가에 발이 걸려 비틀거린다. 그러면 영감은 개를 두드려 패고 욕설을 해댄다. 개는 겁을 집어먹은 채 굽신거리며 끌려간다. 그때 개를 끄는 이는 분명히 영감이다. 하지만 개가 그 사실을 잊어버리고 다시 주인을 끌고 가고, 그래서 개는 다시 두들겨 맞고 악다구니를 먹는다. 그러고는 그 둘은 인도에 남아서 서로 마주 본다. 개는 공포에 가득 찬 시선으로, 사람은 증오에 가득 찬 시선으로. 날마다 그러하다. 개가 오줌을 누려고 해도 영감은 그럴 틈을 주지 않은 채 개를 끌어당기고, 개는 뒤쫓아 가면서 작은 오줌 방울을 점점이 떨어뜨린다. 어쩌다가 개가 방에서 일을 봤다가는 당연히 두들겨 맞는다. 그렇게 지낸 지 8년이나 됐다. 셀레스트는 늘 "이건 끔찍한 일이야"라고 말하지만, 속내는 아무도 알 수 없다. 내가 살라마노 영감과 마주쳤을 때 그는 개에게 욕을 퍼붓던 중이었다. 그가 개에게 말했다. "개자식! 못된 놈!" 개는 구슬프게 신음했다. 나는 말했다. "안녕하세요." 하지만 영감은 계속 욕을 해댔다. 그래서 나는 개가 무슨 짓을 했냐고 물어봤다. 그는 대답하지 않았다. 그는 단지 "개자식! 못된 놈!"이라고 말할 뿐이었다. 나는 그가 개를 향해 몸을 숙이고선 목줄에서 뭔가 조정하려고 하는 걸 알아차렸다. 나는 언성을 높여 다시 물었다. 그는 돌아보지도 않은 채 화를 삭이는 목소리로 대답했다. "늘 이런 꼴이라니까요!" 이윽고 그는 개를 냅다 끌고 가 버렸다. 개는 네발로 질질 끌려가면서 신음했다.

바로 그때 같은 층의 또 다른 이웃이 들어섰다. 동네 사람들이 말하길 그는 여자들을 등쳐먹고 산다고 한다. 그런데 사람들이 직업이 뭐냐고 물으면 그는 "창고 관리인"이라고 답한다. 대체로 그는 평판이 좋지 않다. 하지만 그가 내게 종종 말을 걸고 내가 그의 말을 들어주니까 그는 가끔 우리 집에서 한때를 보낸다. 그가 늘어놓는 이야기가 재미있다는 생각이 든다. 게다가 내가 그와 말을 섞지 않을 까닭이 전혀 없다. 그의 이름은 레몽 생테다. 꽤 작은 편이지만, 어깨가 떡 벌어지고 권투 선수의 코를 지니고 있다. 그는 늘 잘 차려입고 다닌다. 그는 역시 살라마노 영감 이야기를 꺼내면서 내게 말한다. "제발 그 불행이 좀 끝나면 좋겠어요." 그는 내게 역겹지 않으냐고 물었고, 나는 아니라고 답했다.

우리는 계단을 올라갔고, 내가 헤어지려고 하자 그가 말했다. "우리 집에 순대와 포도주가 있는데, 한 조각 함께 드시지 않을래요?" 그러면 구태여 요리를 하지 않아도 된다는 생각이 들었으므로 나는 그의 제안을 받아들였다. 그 역시 창문이 없는 부엌이 딸린 방 한 칸에서 산다. 침대 머리 위로 흰색과 분홍색 석고로 만든 천사상이 있고, 벽에는 챔피언들의 사진과 흔해빠진 여자 나체 사진 두서너 장이 붙어 있다. 방은 지저분했고, 침대는 흐트러져 있었다. 그는 먼저 석유램프를 켜고 나서 주머니에서 꽤 더러운 붕대를 꺼내 오른손에 칭칭 감았다. 무슨 일이 있었는지 나는 물었다. 그는 시비를 거는 양아치 한 놈이랑 한판 붙었다고 말했다.

"당신도 아시다시피, 뫼르소 씨." 그가 말했다. "나는 나쁜 사람은 아닌데 성질이 괄괄하죠. 그놈이 내게 말하길 '네가 사내라면 전차에서 내려'라고 했어요. 그놈에게 말했죠. '이봐, 소란 떨지 마.' 그놈이 나보고 사내도 아니라고 하더군요. 그래서 내리면서 그놈에게 말했죠. '그만하지, 이 사람아. 그러지 않으면 내가 널 죽일 거야.' 그놈이 내게 답했죠. '어쩌려고?' 그래서 나는 그놈에게 주먹 한 방을 먹였죠. 그놈이 자빠졌어요. 나는 그놈을 일으켜주려고 했죠. 그런데 그놈이 누운 채로 발길질을 해댔어요. 그래서 나는 무릎으로 한 대 가격하고 주먹으로 두 방 더 때렸죠. 그놈 얼굴이 피범벅이 됐어요. 나는 그놈에게 이제 충분하냐고 물었죠. 그놈은 '네'라고 답하더군요."

그러는 내내 생테는 붕대 감은 손을 매만졌다. 나는 침대에 앉아 있었다. 그가 말했다. "당신도 아시다시피 내가 그놈에게 시비를 걸지 않았어요. 그놈이 내게 잘못한 거죠." 그 말이 옳았고, 나는 그렇다고 답했다. 그러자 그는 단도직입적으로 그 문제와 관련해서 내 조언을 듣고 싶다고 외치며 내가 남자이고 인생에 대해 잘 알고 있으니 자신을 도울 수 있고, 자신이 내 친구가 될 수 있을 거라고 말했다. 내가 아무 말도 하지 않자 그는 다시 내게 자신의 친구가 되고 싶은지 물었다. 내가 아무래도 좋다고 말했더니 그는 흡족한 눈치였다. 그가 순대를 꺼내서 프라이팬에 굽고는 술잔과 접시, 포크와 나이프, 포도주 두 병을 갖다놓았다. 모든 일이 침묵 속에서 이뤄졌다. 우리는 자리에 앉았다. 먹으면서 그는 신세타령을 늘어놓기 시작했다. 처음에 그는 다소 주저했다. "내가 한 여자를 알게 됐는데…… 말하자면 내 정부였죠." 그가 때린 남자는 그 여자의 오빠였다. 그는 그녀를 먹여 살렸었다고 말했다. 내가 아무런 대꾸도 하지 않자 그는 곧바로 동네 사람들이 수군거리는 걸 알고 있지만, 양심에 거리낌 없이 창고 관리인으로 일한다고 말했다.

"내 이야기를 계속하자면." 그가 내게 말했다. "왠지 속임수가 있다는 걸 알아차렸어요." 그는 그녀를 충분히 먹여 살렸다. 그녀의 방세를 대신 내줬고, 매일 양식을 사라고 20프랑씩 줬다. "방세 300프랑, 음식비 600프랑, 때때로 스타킹도 한 켤레씩 사주고, 모두 1000프랑이 들었죠. 그런데 그 여자는 일하지 않았어요. 하지만 그녀가 하는 말이, 내가 갖다주는 돈으로는 충분하지 않다는 거예요. 그래도 나는 그녀에게 말했지요. '왜 너는 반나절이라도 일하지 않는 거야? 그러면 자질구레한 비용은 충분히 건질 수 있을 텐데. 이번 달에도 나는 네게 몽땅 사줬고, 날마다 20프랑씩 주고, 방세도 내줬는데, 너는 말이야, 너는 친구들과 오후에 커피나 마시잖아. 네가 친구들에게 커피와 설탕을 대접하잖아. 나는 말이야, 내가 네게 돈을 주고 있잖아. 나는 네게 잘해주는데 너는 제대로 보답하지 않아.' 하지만 그녀는 일하지 않았고, 언제나 살기가 힘들다고 말했어요. 그래서 그녀가 나를 속이고 있다는 걸 알아차리게 됐지요."

그는 심지어 그녀의 가방 속에서 복권 한 장을 발견했는데, 그녀가 무슨 돈으로 샀는지 설명하지 않았다고 말했다. 그러고 나서 좀 있다가 그는 그녀가 전당포에 팔찌 두 개를 잡혔다는 '물증'으로서 전당표 보관증을 찾아냈다. 그때까지는 팔찌가 있다는 것조차 몰랐다. "나는 속고 살았다는 걸 분명히 깨닫게 됐죠. 그래서 나는 그녀를 버렸어요. 하지만 먼저 그녀를 때렸죠. 그러고 나서 그녀의 민낯을 까발렸죠. 나는 그녀더러 물건 챙기기에만 환장한 년이라고 말해줬어요. 뫼르소 씨, 당신도 이해하시겠지만, 나는 그녀에게 말했어요. '너는 내가 안겨준 행복이 남들 보기에 얼마나 분에 넘치는 건지 몰랐어. 너는 지금껏 누린 행복을 뒤늦게 깨닫게 될 거야.'"

그는 피투성이가 되도록 그녀를 때렸다. 그 전에는 그가 그녀를 때린 적이 없었다. "손을 대긴 했지만, 말 그대로 살살 건드렸어요. 그녀는 약간 울었죠. 내가 덧문을 닫으면 모든 일이 늘 순조롭게 끝났죠. 하지만 이번에는 심각해요. 내 생각엔, 그녀를 충분히 응징하지 못했거든요."

그는 그래서 조언을 구하는 거라고 설명했다. 그는 말을 멈추곤 검게 탄 램프 심지를 조절했다. 나는 쭉 그의 말을 듣고만 있었다. 포도주를 1리터 가까이 마셨고, 관자놀이가 따뜻해졌다. 내 담배가 다 떨어졌으므로 레몽의 담배를 피웠다. 마지막 전차들이 지나갔고, 이제는 아득하게 들리는 교외 지역의 소음을 실어 갔다. 레몽은 이야기를 이어갔다. 그를 지겹게 한 것은 "아직도 그녀에게 성욕이 남아 있다는 점"이었다. 하지만 그는 그녀를 처벌하고 싶었다. 그는 우선 그녀를 호텔로 불러서는 '풍기 단속반'에게 신고해서 공식적으로 매춘부로 낙인찍으려고 했다. 그는 암흑가에 있는 친구들에게 갔다. 그들은 아무짝에도 쓸모가 없었다. 사실 레몽이 내게 일깨워줬듯이 건달들은 별 도움이 안 됐다. 그가 친구들에게 그녀에 대해 말하자 그들은 얼굴에 흉터를 내주자고 제안했다. 하지만 그건 그가 바라는 바가 아니었다. 그는 곰곰이 생각할 참이었다. 그 전에 그는 내게 뭔가 부탁하고 싶었다. 그런데 그는 부탁하기 전에 내가 자기 이야기를 어떻게 생각하는지 궁금해했다. 나는 아무런 생각도 나지 않았지만, 재미있었다고 대답했다. 그는 어딘가 속임수가 있다고 생각하는지 물었고, 나는 속임수가 있는 듯하다고 대답했다. 그는 그녀를 혼내줘야 한다고 생각한다면, 만약 자신의 처지가 된다면, 나더러 어떻게 하겠느냐고 물었고, 나는 그가 확실히 어떻게 할지는 모르겠지만, 그녀를 처벌하고 싶은 마음은 이해한다고 말했다. 그는 담배 한 개비에 불을 붙인 뒤 속내를 털어놨다. 그는 "그녀를 걷어차면서 동시에 그녀에게 후회하도록 하는" 편지를 써서 부치고 싶었다. 그런 다음에 그녀가 돌아오면 그녀와 잠자리를 하고 나서 "끝내려는 그 순간" 그녀의 낯짝에 침을 뱉고 밖으로 내쫓아버리겠다는 거였다. 그런 식으로 한다면, 참으로 그녀가 응징을 당하리라고 생각했다. 하지만 레몽은 적절한 편지를 쓸 재주가 없다는 느낌이 든 나머지 편지를 작성하기 위해 나를 떠올렸다고 말했다. 내가 아무런 말도 하지 않자 그는 편지를 당장 쓰는 게 귀찮은지 물었고, 나는 아니라고 답했다.

그러자 그는 포도주 한 잔을 마시고 일어섰다. 내 쪽으로 접시와 우리가 먹다 만 순대를 밀어놨다. 그러고는 식탁의 방수포를 정성껏 닦았다. 그는 침대 머리맡의 탁자 서랍에서 바둑판무늬 종이 한 장과 노란 봉투와 붉은 나무로 만든 작은 펜대와 보라색 잉크가 든 네모난 병을 꺼냈다. 그가 그녀의 이름을 불러주자 나는 그녀가 무어 사람이란 걸 알았다. 나는 편지를 작성했다. 대충 무턱대고 편지를 썼지만, 레몽이 만족하도록 애를 썼다. 레몽을 만족시키지 않을 이유가 없었다. 이어서 나는 큰 목소리로 편지를 읽었다. 그는 담배를 피우며 머리를 끄떡이면서 들은 뒤 다시 한번 더 읽어달라고 부탁했다. 그는 완전히 만족했다. 그가 말했다. "네가 인생에 대해 잘 안다는 걸 내 잘 알고 있었지." 처음에는 그가 나를 '당신' 대신 '너'라고 부르는 걸 알아차리지 못했다. 그가 "너는 내 진짜 절친이야"라고 잘라 말하고 나서야 그걸 알아챘을 따름이다. 나는 놀랐다. 그가 그 문장을 되풀이하자 나는 말했다. "그래." 그의 절친이 된다고 해서 달라질 건 없었고, 그는 정말로 친구가 되고 싶은 기색이었다. 그가 편지를 봉했고, 우리는 포도주를 마저 다 마셨다. 그러고 나서 말없이 담배를 피웠다. 바깥은 고요했고, 우리는 자동차 한 대가 미끄러져 가는 소리를 들었다. 나는 말했다. "이제 늦었어." 레몽도 그렇게 생각했다. 그가 시간이 빨리 지나갔다고 일깨웠고, 어떤 의미에서 그건 맞았다. 나는 졸렸지만 일어서기가 힘들었다. 내가 지쳐 보였던지 레몽은 체념해서 될 대로 되라는 듯 살면 안 된다고 말했다. 처음에 나는 이해하지 못했다. 그가 우리 엄마의 사망 소식을 들었다면서 그건 언젠가 닥치기 마련인 일이라고 설명했다. 내 생각도 그랬다.

내가 일어서자 레몽이 굳게 악수했고, 남자들끼리는 늘 통하는 법이라고 말했다. 그의 집을 나서면서 나는 등 뒤로 문을 닫은 뒤 어둠 속의 층계참에 잠시 우두커니 있었다. 건물 내부는 고요했고, 계단들 사이 저 밑으로부터 음습한 바람이 불어왔다. 내 귓가에서 피가 고동치면서 붕붕거리는 소리가 들렸다. 나는 꼼짝하지 않고 서 있었다. 하지만 살라마노 영감의 집에서 개가 나직이 구슬프게 신음했다.

4

나는 일주일 내내 열심히 일했다. 레몽이 찾아와서 그 편지를 부쳤다고 말했다. 나는 에마뉘엘이랑 두 차례 영화관에 갔는데, 그는 스크린에서 벌어지는 일을 늘 이해하지 못했다. 그래서 그에게 설명해줘야 했다. 어제는 토요일이었고, 마리가 왔다. 마치 우리가 그러기로 합의나 한 듯이. 나는 그녀에게 격한 욕정을 느꼈다. 그녀가 붉은색과 흰색의 줄무늬가 예쁜 옷을 입고 가죽 샌들을 신고 있었기 때문이다. 탱탱한 젖가슴이 뚜렷이 드러났고, 햇빛에 탄 갈색 얼굴이 활짝 핀 꽃처럼 보였다. 우리는 버스를 타고 알제에서 몇 킬로미터 떨어진 곳으로 갔다. 바위로 둘러싸이고, 뭍 쪽으로 갈대밭이 우거진 어느 바닷가에 갔다. 오후 4시의 태양은 그리 뜨겁지 않

았지만, 낮은 파도가 길게 이어지면서 나른하게 넘실대는 가운데 바닷물은 미지근했다. 마리가 한 가지 놀이를 가르쳐줬다. 헤엄을 쳐서 파도의 물마루에 이르러 물을 들이마시고 입에 가득 거품을 채운 채 배영을 하면서 하늘을 향해 내뿜어야 한다고 했다. 그러면 그 물이 물거품으로 짠 레이스가 돼 허공 속으로 사라지거나 미지근한 빗물이 돼 얼굴 위로 쏟아졌다. 하지만 잠시 후 내 입은 소금의 짠맛 때문에 화끈거렸다. 마리가 내게 와서 물속에서 몸을 밀착했다. 그녀가 자신의 입술을 내 입술에 포갰다. 그녀의 혀가 내 입술을 상큼하게 했고, 우리는 한동안 물결을 타면서 뒹굴었다.

해변에서 옷을 갈아입을 때 마리가 눈빛을 반짝이면서 나를 쳐다봤다. 나는 그녀에게 키스했다. 그 순간부터 우리는 더는 말하지 않았다. 나는 그녀를 꼭 껴안았고, 우리는 서둘러 버스를 타고 돌아와서는 내 집에 오자마자 침대에 몸을 던졌다. 나는 창문을 열어뒀고, 여름밤이 우리의 그을린 육체 위에서 흘러가는 걸 느끼니까 기분이 좋았다.

오늘 아침, 마리가 가지 않고 있었기에 점심을 함께 먹자고 말했다. 나는 육류를 사러 갔다. 다시 올라오다가 레몽의 방에서 새 나오는 여자 목소리를 들었다. 조금 있다가 살라마노 영감이 제 개를 야단쳤고, 나무 층계에서 구둣발 소리와 개가 발톱을 긁는 소리가 들렸다. 그러고 나선 "개자식! 못된 놈!"

이라는 소리가 들리더니 그들은 거리로 나갔다. 내가 그 영감 이야기를 마리에게 들려줬더니 그녀는 웃어댔다. 그녀는 내 파자마를 입고 소매를 걷어 올렸다. 그녀가 웃어댈 때 나는 또다시 욕정을 느꼈다. 잠시 후 그녀는 내게 자신을 사랑하는지 물었다. 나는 그녀에게 그런 건 하나 마나 한 소리지만, 내가 보기엔 아닌 듯하다고 대답했다. 그녀는 슬픈 표정을 지었다. 그러나 점심을 준비하면서 그녀가 또 뚜렷한 까닭도 없이 웃어댔으므로 나는 그녀에게 키스했다. 바로 그 순간 레몽의 집에서 크게 다투는 소리가 작렬했다.

우선 여자의 새된 음성이 들렸고 이어서 레몽이 말했다. "너는 내게 무례하게 굴었어. 무례하게 굴었어. 네가 무례하게 군 걸 직접 가르쳐주지. 둔탁한 소리가 나더니 여자가 비명을 질렀고, 그 소리가 어찌나 끔찍하게 울렸는지 곧바로 우리 층에 사람들이 몰려들었다. 마리와 나도 나가봤다. 여자는 계속 울었고, 남자는 계속 두들겨 팼다. 마리가 끔찍하다고 말했고, 나는 대답하지 않았다. 그녀가 내게 경찰관을 불러오라고 부탁했지만, 나는 경찰관을 좋아하지 않는다고 말했다. 그러나 경찰관은 3층에 사는 배관공 입주자와 함께 나타났다. 경찰관이 레몽의 방문을 두드렸지만, 아무 응답이 없었다. 경찰관이 더 세게 두드리자 잠시 후 그 여자가 울고 있는 가운데 레몽이 문을 열었다. 그는 입에 담배를 물고 있었고,

짐짓 상냥한 체했다. 여자가 문으로 뛰쳐나와 경찰에게 레몽이 자기를 때렸다고 외쳤다. "이름이 뭐야?"라고 경찰관이 말하자 레몽이 대답했다. "내게 말할 때는 입에서 담배를 빼"라고 경찰관이 다시 말했다. 레몽은 망설이더니 나를 쳐다보면서 담배를 빨아들였다. 그 순간 경찰관이 두껍고 묵직한 손바닥으로 그의 뺨을 정통으로 매섭게 때렸다. 담배가 몇 미터 멀리 날아갔다. 레몽의 안색이 확 바뀌었다. 그는 공손한 목소리로 담배꽁초를 다시 집어도 되는지 물었다. 경찰관은 그러라고 하면서 한마디 덧붙였다. "하지만 다음부터는 경찰관이 꼭두각시가 아니라는 걸 알게 될 거야." 그러는 동안 여자가 울면서 되풀이했다. "그가 나를 때렸어요. 그는 뚜쟁이예요." 그때 레몽이 "남자보고 뚜쟁이라고 말해도 된다는 게 법에 있는 겁니까?"라고 경찰관에게 물었다. 하지만 경찰관은 "그 아가리 닥쳐"라고 그에게 명령했다. 레몽은 여자를 돌아보면서 그녀에게 말했다. "두고 봐, 요것아. 곧 다시 만나게 될 테니." 경찰관은 레몽에게 입 닥치라고 말한 뒤 여자에게는 당장 떠나라고, 레몽에게는 경찰서에 소환될 때까지 집 안에 있으라고 말했다. 그는 레몽에게 부들부들 떨릴 정도로 술에 취한 걸 부끄러워할 줄 알아야 한다고 덧붙였다. 그때 레몽은 설명했다. "경찰관 나으리, 저는 취하지 않았어요. 단지 나으리 앞에 있으니까 떠는 거지요." 그가 방문을 닫자 모인 사람들이 흩어졌다. 마리와 나는 점심 준비를 마저 끝냈다. 하지만 마리는 밥맛을 잃었고, 나는 거의 다 먹었다. 그녀는 1시에 떠났고 나는 잠시 잠을 잤다.

3시에 누군가 내 방문을 두드리더니 레몽이 들어왔다. 나는 누운 상태였다. 그는 내 침대 가장자리에 앉았다. 그는 말없이 망연히 있었고, 나는 도대체 일이 어떻게 이 지경이 된 건지 물었다. 그는 이야기를 늘어놓았다. 계획한 대로 했지만, 그녀가 자신의 따귀를 때리길래 그녀를 두들겨 팼다고. 나머지는 내가 본 대로였다. 나는 이제 그녀가 벌을 받은 듯하니 그에게 만족하라고 말했다. 그도 동감했고, 경찰관이 헛고생했다면서 그녀가 매 맞은 일에는 아무런 변화도 없을 것이라고 지적했다. 그는 경찰관들을 잘 안다면서 어떻게 다뤄야 할 줄도 알고 있다고 덧붙였다. 경찰관이 따귀를 때렸을 때 자기가 대응할 것이라고 기대했느냐고 내게 물었다. 나는 전혀 아무런 기대도 하지 않았고, 더구나 경찰관을 그리 좋아하지 않는다고 대답했다. 레몽은 흡족한 표정이었다. 그는 함께 외출하고 싶은지 내게 물어봤다. 나는 일어나서 머리를 빗기 시작했다. 그는 내게 증인이 돼줘야 한다고 말했다. 나는 아무래도 좋지만, 무슨 말을 해야 할지 몰랐다. 레몽이 말하길, 그 여자가 무례하게 굴었다고 진술하기만 하면 충분하다는 거였다. 나는 그를 위해 증언하기로 했다.

우리는 외출했고, 레몽은 내게 코냑 한 잔을 대접했다. 이어서 그는 당구 한 게임을 하자고 했는데, 내가 아슬아슬하게 졌다. 그러고 나서 그는 사창가에 가고 싶어 했지만, 나는 그런 걸 별로 좋아하지 않는 까닭에 싫다고 했다. 우리는 천천히 집으로 돌아왔고, 그는 정부를 응징해서 얼마나 기분이 좋은지에 대해 말했다. 그가 나를 살갑게 대하는 걸 느꼈기에 기분 좋은 시간을 보낸다고 생각했다.

저 멀리 살라마노 영감이 현관 계단에서 흥분해 서 있는 것이 보였다. 가까이 가서 보니 그는 개와 함께 있지 않았다. 그는 사방을 둘러봤고, 제자리를 뱅글뱅글 돌았고, 복도 속의 어둠을 뚫어지게 보려고 했고, 두서없이 중얼거리더니 핏발이 선 작은 눈으로 거리를 샅샅이 훑었다. 레몽이 어찌 된 일이냐고 물어도 그는 즉시 대답하지 않았다. 나는 어렴풋이 그의 웅얼거림을 들었다. "개자식! 못된 놈!" 하더니 그는 계속 흥분했다. 나는 개가 어디 있느냐고 물었다. 그는 느닷없이 개가 달아났다고 대답했다. 그러고 나서 갑자기 횡설수설했다. "내가 그놈을 여느 때처럼 연병장에 데리고 갔어요. 장터의 공연 막사 주변에 사람들이 많았어요. 나는 〈탈출 마술사들의 제왕〉을 보려고 멈췄지요. 다시 떠나려고 돌아보니 그놈이 제자리에 없었어요. 물론 오래전에 좀 더 헐렁한 목줄을 사주려고는 했어요. 하지만 그 못된 놈이 그렇게 달아나버릴 거라곤 결코 생각지도 못했어요."

레몽은 개가 길을 잃었을 수 있으니 되돌아올 거라고 그를 다독였다. 개가 수십 킬로미터를 달려서 주인을 찾아온 사례들을 언급했다. 그랬는데도 영감은 더 흥분한 기색이었다. "그들이 그놈을 빼앗아 갈 거예요. 아시겠어요? 누군가가 그놈을 보호하고 있으려나. 하지만 그건 불가능해요. 그놈은 딱지투성이라서 모든 사람이 역겨워해요. 경찰관들이 잡아갈 게 뻔해요." 나는 그더러 동물 보호소에 가보는 게 어떻겠냐면서 수수료를 좀 내면 개를 돌려줄 것이라고 말했다. 그는 수수료가 비싸냐고 물었다. 나는 알지 못했다. 그러자 그는 화를 내기 시작했다. "그 못된 놈 때문에 돈을 써야 한다니. 아, 그놈이 뒈져야 하는데!" 그러고는 개를 떠올리며 욕설을 퍼부었다. 레몽은 웃으면서 아파트 안으로 들어갔다. 나는 뒤따라갔고, 우리는 층계참에서 헤어졌다. 잠시 후 영감의 걸음 소리가 들렸고, 그가 내 방문을 두드렸다. 내가 문을 열자 그는 문턱에서서 말했다. "죄송합니다, 죄송합니다." 나는 들어오라고 권했지만, 그는 원치 않았다. 그는 제 구두코를 바라봤고, 딱지가 앉은 양손을 덜덜 떨고 있었다. 나를 똑바로 바라보지도 않은 채 물었다. "말해보세요. 그들이 내게서 그놈을 빼앗아가지 않을 거라고요, 뫼르소 씨. 그들이 돌려줄 거라고요. 안 그러면 나는 어떻게 될까요?" 나는 동물 보호소가 주인 대신

개를 사흘 동안 맡아주고, 그 뒤에는 개에게 바람직한 대로 처리한다고 말했다. 그는 말없이 나를 바라봤다. 그리고 말했다. "안녕히 주무세요." 그가 제 방문을 닫은 뒤 왔다 갔다 하는 소리가 들렸다. 그의 침대가 삐걱거렸다. 그리고 벽 너머로 기이하고 작은 소리가 들려 나는 그가 울고 있음을 알았다. 나도 모르게 엄마 생각을 했다. 하지만 나는 다음 날 일찍 일어나야 했다. 배가 고프지 않아서 저녁 식사도 거른 채 잠자리에 들었다.

5

레몽이 사무실에 있는 내게 전화했다. 제 친구(그가 나에 대해 말해줬다고 하는) 중 한 명이 알제 부근의 작은 별장에서 일요일 한나절을 보내자며 나를 초대했다는 것이다. 나는 그러고 싶지만 여자친구와 그날을 보내기로 약속해놓았다고 대꾸했다. 레몽은 곧바로 그녀도 초대하자고 외쳤다. 그 친구의 부인이 사내들 틈에서 홍일점으로 있지 않게 될 테니 무척 만족하리라는 얘기였다.

나는 얼른 전화를 끊고 싶었다. 사장이 시내에서 누군가 직원들에게 전화를 걸어 오면 싫어하는 걸 알고 있기 때문이었다. 레몽은 끊지 말라고 한 뒤 초대장은 저녁에 전달할 수 있을 거라고 했지만, 사실은 다른 일을 내게 알려주고자 했다. 그는 온종일 옛날 정부의 오빠가 낀 아랍인 무리에게 미행을 당했다고 했다. "만약 네가 오늘 저녁에 퇴근하고 아파트에 돌아오면서 그 자식을 보게 되면 알려줘." 나는 알았다고 대답했다.

잠시 후 사장이 나를 불렀는데, 그가 전화 통화는 짧게 하고 더 열심히 근무하라고 말하겠거니 싶어 그 순간 나는 짜증이 났다. 그런데 전혀 그런 게 아니었다. 사장은 아직은 막연한 어떤 기획에 대해 말하겠다고 밝혔다. 그는 단지 그 문제에 대한 내 의견을 구하고 싶어 했다. 그는 파리에 사무실을 설치해 대기업들을 상대로 현지에서 직접 업무를 처리할 구상을 품고 있었고, 내가 거기에 갈 의향이 있는지 알고 싶다고 했다. 그러면 나는 파리에 살면서 1년 중 얼마간 여행을 다닐 수 있으리라. "자네는 젊으니까 그런 생활이 즐거울 듯한데." 나는 그렇다고 했지만, 사실은 별로 달라질 건 없다고 말했다. 그러자 그는 내게 삶의 변화에 별 흥미가 없느냐고 물었다. 나는 아무도 삶을 바꿀 수 없고, 아무튼 모든 삶이 소중하고, 이곳에서 내 삶이 즐겁지 않은 건 결코 아니라고 대답했다. 그는 못마땅한 표정이었고, 나더러 항상 생뚱맞게 대답한다며 내가 야심이 없고, 그건 사업에 지장을 초래한다고 말했다. 그래서 나는 자리에 돌아와서 일을 계속했다. 그의 기분을 상하게 하지 않았으면 더 좋았을 텐데, 나는 내 삶을 바꿀 이유를 찾지 못했다. 내 삶에 대해 곰곰이 생각해보니 나는 불행하지 않았다. 대학생 시절엔 사업 분야에 관한 야망이 컸다. 하지만 학업을 중단한 뒤 나는 그따위 것이란 부질없는 짓임을 즉시 깨달았다.

저녁에 마리가 찾아와서 자기와 결혼하고 싶은지 물었다. 나는 아무래도 상관없고, 그녀가 원한다면 우리는 그렇게 할 수 있다고 말했다. 그래서 그녀는 내가 자신을 사랑하는지 알고 싶어 했다. 나는 이미 한번 말한 바와 같이, 그런 건 하나마나 한 소리지만 아마도 내가 그녀를 사랑하지 않는 듯하다고 말했다. "그럼 왜 나랑 결혼하지?" 그녀가 말했다. 나는 그건 하나도 중요하지 않고, 만약 그녀가 바란다면, 우리는 결혼할 수 있다고 설명했다. 다른 한편으로는, 청혼은 그녀가 하고, 나는 그러자고 말해서 흡족했다. 그러자 그녀는 결혼은 중요한 일이라고 지적했다. 나는 대답했다. "아니야." 잠시 그녀는 입을 닫았고, 말없이 나를 쳐다봤다. 이어서 그녀가 말했다. 단지 그녀는 내가 지금과 똑같은 방식으로 사귀는 다른 여자로부터 똑같은 제안을 받는다면 받아들일지 알고 싶다고 했다. 나는 말했다. "당연하지." 그러자 그녀는 자기가 나를 사랑하는지 의문이 든다고 했고, 나는 그 점에 대해서는 전혀 알 길이 없었다. 또 다른 침묵의 순간이 지나자 그녀는 내가 이상한 사람이라면서 아마도 바로 그런 이유로 자신이 나를 사랑하는 것이고, 어느 날 바로 그런 이유로 자신이 나를 역겨워할 것이라고 중얼거렸다. 내가 입을 닫은 채 아무 말도 보태지 않자 그녀가 웃으면서 팔짱을 끼더니 나랑 결혼하고 싶다고 선언했다. 나는 그녀가 원하는 때가 되자마자 그렇게 할 것이라고 대답했다. 그러고 나서 나는 사장의 제안에 대해 들려줬고, 그녀는 파리를 몸소 겪고 싶다고 말했다. 내가 한때 거기에 산 적이 있다고 일러주자 그녀는 어땠는지 물었다. 나는 그녀에게 말했다. "거긴 더러워. 비둘기와 어두컴컴한 마당투성이야. 사람들 피부는 허옇고."

그리고 우리는 산책을 했고, 큰 거리를 지나서 시내를 횡단했다. 여자들이 온통 아름다웠고, 나는 마리에게 내 시선을 눈치챘는지 물었다. 마리는 그렇다고 하면서 나를 이해한다고 말했다. 한동안 우리는 더는 말하지 않았다. 그래도 나는 그녀를 곁에 두고 싶어서 셀레스트의 식당에 가서 저녁을 함께 먹자고 말했다. 그녀는 그러고 싶었지만, 볼일이 있었다. 우리가 내 아파트 근처에 이르자 나는 그녀에게 잘 가라고 인사했다. 그녀는 나를 바라봤다. "너는 내 볼일이 뭔지 궁금하지도 않아?" 나는 꽤 알고 싶었지만 물어볼 생각을 못 했는데, 그로 인해 그녀가 나를 힐난하는 눈치였다. 그러더니 난감한 표정을 짓는 내 앞에서 그녀가 다시 웃었고, 온몸을 내게로 기울이면서 입술을 내밀었다.

나는 셀레스트의 식당에서 저녁을 먹었다. 내가 이미 먹기 시작했을 때 조그마하고 야릇하게 생긴 여자가 들어오더니 내게 합석해도 되느냐고 물었다. 물론 그녀는 그렇게 했다. 그녀는 뚝뚝 끊어지는 듯한 몸짓을 했고, 사과처럼 작고 둥근 얼굴에서 두 눈이 빛났다. 그녀는 재킷을 벗고 앉아서 아주 열심히 메뉴판을 읽어나갔다. 그녀는 셀레스트를 불러서 곧바로 다급하면서도 또박또박한 음성으로 음식을 한꺼번에 주문했다. 전채를 기다리는 동안 그녀는 가방을 열고서 작은 공책과 연필을 꺼내선 먼저 청구서를 계산해본 뒤 작은 지갑을 꺼내 음식값에 정확하게 해당하는 돈에다가 팁까지 얹어서 자기 앞에 놨다. 그때 전채가 나오자 그녀는 게걸스럽게 먹었다. 다음 식사를 기다리는 동안 그녀는 다시 가방에서 파란 색연필과 라디오 주간 편성표가 실린 잡지 한 권을 꺼냈다. 매우 정성스럽게 그녀는 모든 프로그램을 하나씩 표시했다. 그 잡지가 열두 쪽짜리였으므로 그녀는 식사하는 동안 내내 세심하게 표시하는 일을 계속했다. 내가 식사를 벌써 마쳤을 때도 그녀는 같은 방법으로 여전히 표시하고 있었다. 이어서 그녀가 일어서더니 아까와 다름없이 자동인형 같은 동작으로 재킷을 다시 입고는 식당을 떠났다. 딱히 할 일이 없던

터라 나도 식당 문을 나서서 잠시 그녀를 뒤따라갔다. 그녀는 인도의 갓돌을 따라 걷더니 믿기 어려울 정도로 빠르고 단호하게, 방향을 가늠하지도 않고 뒤돌아보지도 않은 채 제 갈 길을 가고 있었다. 결국 나는 그녀를 시야에서 놓치고 나서야 발길을 돌렸다. 나는 그녀가 이상야릇하다고 생각했지만, 금방 그녀를 잊어버렸다.

내 방의 문 앞에서 살라마노 영감을 만났다. 내가 그를 안으로 들였더니 그는 개를 잃어버렸다고 알려줬다. 개는 동물보호소에 없었다. 보호소 직원들은 아마도 개가 자동차에 치였을 것이라고 말했다. 그는 경찰서에 문의할 수는 없는지 물어봤다. 직원들은 그런 사고는 날마다 일어나므로 기록을 따로 보관하지 않는다고 답변했다. 내가 영감에게 다른 개를 기르면 되지 않느냐고 말했지만, 그는 자신이 그 개에 길들었다는 점을 지적했는데, 타당한 말이었다.

나는 침대에 웅크리고 앉았고, 살라마노는 탁자 앞 의자에 앉았다. 그는 나를 마주 보면서 두 손을 무릎에 올려놨다. 머리에는 낡은 펠트 모자를 계속 쓰고 있었다. 그가 노란 콧수염 밑으로 몇 마디 말끝을 우물거렸다. 그가 좀 성가셨지만, 나는 할 일이 없었고 졸리지도 않았다. 아무 말이나 하려고, 그의 개에 관해서 물어봤다. 그는 아내가 죽은 뒤부터 그 개를 길렀다고 말했다. 그는 꽤 늦게 결혼했다. 젊은 시절에는 연극배우가 되고 싶었다. 육군 연대에 복무할 때는 군인들을 위한 희극에 출연하기도 했다. 하지만 마침내 그는 철도청 직원이 됐는데 후회하지 않았다. 그 덕에 지금 소액 연금이라도 받고 있었다. 그는 아내와 행복하게 지내지 못했지만, 대체로 아내에게 순응했다. 아내가 죽은 뒤 그는 무척 외로움을 느꼈다. 그래서 직장 동료에게 개 한 마리를 부탁했고, 갓 태어난 강아지를 얻었다. 그는 젖병을 물려서 그 개를 키워야했다. 하지만 개는 사람보다 수명이 짧으므로 그들은 함께 늙어갔다. "그놈은 성질이 고약했어요." 영감이 말했다. "때때로 우리는 실랑이를 벌였어요. 하지만 그래도 그놈은 좋은 개였어요." 나는 혈통이 좋은 개였다고 말했고, 영감은 기분이 좋은 눈치였다. "그리고 게다가." 그가 말했다. "병에 걸리기 전에 그놈이 어땠는지 당신은 모르실 겁니다. 털이 정말 아름다웠어요." 개가 피부병에 걸린 뒤부터 살라마노는 매일 밤낮으로 연고를 발라줬다. 하지만 그가 말하길, 진짜 질병은 노화였고, 노화는 결코 낫는 게 아니다.

바로 그때, 내가 하품하자 영감은 그만 가보겠다고 말했다. 나는 더 있어도 된다면서 개에게 일어난 일은 유감이라고 말했다. 그가 내게 감사했다. 그는 내 엄마가 그 개를 몹시 예뻐했다고 말했다. 그녀를 언급하면서 그는 "당신의 가엾은 어머니"라고 불렀다. 그는 엄마가 죽은 뒤 내가 당연히 매우 불행하리라고 추정했지만, 나는 아무런 대꾸도 하지 않았다. 그러자 그는 아주 재빨리, 그리고 어색한 기색으로, 내가 모친을 양로원에 보내자 동네 사람들이 흉본 걸 알고 있지만, 자신은 내 됨됨이를 잘 알고, 내가 엄마를 무척 사랑한 것도 안다고 말했다. 나는 지금도 동네 사람들이 왜 그랬는지 모르겠고, 지금까지 그 일과 관련해서 내가 욕을 먹었다는 걸 몰랐지만, 내 수입이 엄마를 모시기에는 넉넉지 못했으므로 양로원은 자연스러운 선택이었다고 대답했다. "더구나." 나는 덧붙였다. "오래전부터 엄마가 딱히 내게 할 말이 없어지긴 했어요. 엄마는 늘 혼자서 무료하게 지냈습니다." "그렇지요." 그가 말했다. "양로원에서는 하다못해 친구들을 사귈 수 있지요." 이어서 그는 일어나야겠다고 양해를 구했다. 그는 잠자고 싶어 했다. 그의 삶은 이제 바뀌었고, 앞으로 뭘 해야 할지 제대로 몰랐다. 내가 그를 알고 지낸 뒤 처음으로 그가 수줍게 손을 내밀었고, 나는 그의 살갗에 돋은 각질을 느꼈다. 그는 살짝 미소 짓고는 떠나기 전에 내게 말했다. "오늘 밤엔 개들이 제발 짖지 않기를 바랍니다. 짖는 개는 아무튼 내 개라고 여기게 되니까요."

6

일요일에 나는 잠자리에서 일어나기가 힘들었다. 마리가 내 이름을 부르며 흔들어 깨워야 했다. 우리는 일찍 해수욕을 하고 싶어서 아침밥도 걸렀다. 나는 엄청난 공복을 느꼈고, 약간 두통을 앓았다. 담배가 입에 썼다. 마리는 내가 '우거지상'을 짓고 있다고 말하면서 놀려댔다. 그녀는 흰색 원피스 차림에 머리카락은 풀어 내렸다. 내가 예쁘다고 하자 그녀는 즐거워서 웃었다.

계단을 내려가면서 우리는 레몽의 방문을 두드렸다. 그는 곧 내려간다고 대꾸했다. 길에 나서니 태양이 이미 이글거렸고, 피곤한 데다가 덧창을 닫아놓고 지낸 방에서 막 나온 터라 햇빛이 마치 따귀를 때리듯 나를 후려쳤다. 마리는 즐거워서 폴짝폴짝 뛰었고, 날씨가 좋다고 말했다. 나는 한결 기분이 나아지자 배고픔을 느꼈다. 마리에게 내 상태를 말했더니 그녀는 수영복 두 벌과 수건 한 장이 든 방수포 가방을 열어 보였다. 나는 기다릴 수밖에 없었고, 레몽이 방문을 닫는 소리가 들렸다. 그는 푸른색 바지에 소매가 짧은 흰색 셔츠를 입었다. 하지만 둥글고 납작한 밀짚모자를 쓰고 나타나 마리를 웃겼고, 게다가 그의 팔뚝은 시커먼 털에 덮인 데 비해 살갗이 지나치게 하앴다. 나는 그걸 보고 약간 역겨웠다. 그는 계단을 내려오면서 휘파람을 불었고, 무척 흐뭇한 표정이었다. 그는 내게 말했다. "안녕, 친구." 그리고 마리를 "마드무아젤"이라고 불렀다.

그 전날 나와 레몽은 경찰서에 갔고, 나는 그 여자가 레몽에게 '무례하게 굴었다'라고 증언했다. 그는 주의 경고를 받아 풀려났고, 아무도 내 증언을 검증하지 않았다. 아파트 현관 앞에서 우리 셋은 그 일에 관해 이야기하고 나서 버스를 타기로 했다. 바닷가는 그리 멀지 않았지만, 버스를 타면 더 빨리 갈 수 있을 것이었다. 레몽은 우리가 일찍 도착하면 자기 친구가 기뻐하리라고 생각했다. 우리가 출발하려고 하자 갑자기 레몽이 나에게 길 건너편을 보라는 몸짓을 했다. 아랍인 무리가 담배 가게 진열창에 등을 기대고 서 있는 게 보였다. 그들은 묵묵히 우리를 바라봤지만, 마치 우리를 돌멩이나 말라 죽은 나무처럼 여기는 게 역력한 태도였다. 레몽은 왼쪽에서 두 번째가 바로 전에 언급한 녀석이라고 말했고, 걱정스러운 표정을 지었다. 하지만 그는 다 끝난 이야기라고 덧붙였다. 아무런 영문도 모르는 마리는 무슨 일이냐고 물었다. 나는 바로 저들이 레몽에게 앙심을 품은 아랍인들이라고 말했다. 그녀는 즉시 출발하고 싶어 했다. 레몽은 허리를 곧추 펴더니 서두르는 게 좋겠다면서 웃었다.

우리는 약간 멀리 떨어진 버스 정류장으로 갔고, 레몽은 아랍인들이 더는 따라오지 않는다고 알려줬다. 나는 뒤돌아봤다. 그들은 여전히 똑같은 장소에서 똑같이 무표정하게 우리가 방금 떠나온 지점을 바라봤다. 우리는 버스를 탔다. 레몽은 무척 홀가분한 표정으로 마리에게 쉼 없이 우스갯소리를 해댔다. 그가 그녀를 마음에 들어 하지만, 그녀가 거의 대꾸하지 않는 것이 느껴졌다. 가끔 그녀는 웃으면서 그를 쳐다볼 뿐이었다.

우리는 알제 외곽 지역에서 하차했다. 바닷가는 버스 정류장에서 멀지 않았다. 하지만 우리는 바다를 굽어보면서 해변을 향해 급격하게 경사진 작은 평원을 관통해야 했다. 평원은 이미 짙푸른 하늘을 배경으로 돋보이는 노르스름한 돌밭과 새하얀 수선화들로 가득했다. 마리는 방수포 가방을 크게 휘둘러 꽃잎을 흩날리면서 장난을 쳤다. 우리는 초록색 혹은 하얀색 울타리를 친 작은 별장들의 대열 사이로 걸어갔다. 몇몇 별장은 능수버들에 베란다가 파묻혔고, 일부 다른 별장들은 돌밭 한복판에 노출되어 있었다. 평원 가장자리에 이르기 전에 우리는 벌써 잔잔한 바다를 보았고, 더 멀리 맑은 바닷물에 잠겨 졸고 있는, 바다 쪽으로 부리처럼 튀어나온 땅덩어리를 볼 수 있었다. 가벼운 모터 소리가 고요한 허공을 거쳐 우리에게까지 올라왔다. 그리고 우리는 아주 멀리서 저인망어선이 눈부신 바다 위로 아련하게 나아가는 걸 보았다. 마리는 바위 틈새에 핀 붓꽃 몇 송이를 따 모았다. 바다로 내려가는 비탈길에서 보니 이미 몇몇 사람이 수영을 하고 있었다.

레몽의 친구는 해변의 끄트머리에 있는 작은 목재 오두막에서 살았다. 집은 암벽을 등지고 있었고, 전면에서 집을 받치는 말뚝은 이미 바닷물에 잠겨 있었다. 레몽이 우리를 소개했다. 그의 친구 이름은 마송이었다. 그는 키가 크고 어깨가 떡 벌어진 거한이었는데, 그의 부인은 땅딸막하고 상냥하게 파리 말씨를 구사했다. 마송은 즉시 우리에게 편하게 앉으라고 권하면서 자기가 아침에 잡은 생선으로 튀김 요리를 준비했다고 말했다. 나는 집이 얼마나 예쁜지 모르겠다고 말했다. 그는 매주 토요일과 일요일, 그리고 모든 휴가를 그곳에서 보낸다고 일러줬다. "동네 사람들이 아내랑 사이가 좋아요." 그가 덧붙였다. 바로 그때, 그의 아내가 마리와 함께 웃음을 터뜨렸다. 아마도 태어나서 처음으로, 내가 정말로 결혼하게 될 것이라는 생각이 들었다.

마송은 수영을 하고 싶어 했지만, 그의 부인과 레몽은 동참하려고 하지 않았다. 나와 마리, 마송 셋이서 바닷가로 내려갔고, 마리는 곧바로 물에 뛰어들었다. 마송과 나는 좀 기다렸다. 마송은 말투가 느렸다. 나는 그가 말 한마디 할 때마다 "그리고 더군다나"를 붙이는 버릇을 간파했다. 사실 그가 앞서 한 말마디에 의미를 덧붙이지 않을 때도 그랬다. 마리에 대해서 그가 말했다. "그녀는 죽여주네요. 그리고 더군다나 매력적이네요." 그러나 나는 이런 사소한 버릇에 더는 관심을 두지 않았다. 햇빛이 내게 베푸는 쾌감을 만끽하느라 몰입했기 때문이다. 모래가 내 발밑에서 따끈따끈해지기 시작했다. 그래서 나는 바닷물에 뛰어들고픈 심정을 늦추었지만, 마침내 마송에게 말하고 말았다. "갈까요?" 나는 물에 뛰어들었다. 그는 천천히 물에 들어왔고, 발이 닿지 않게 되자 몸을 날렸다. 그는 꽤 엉성하게 개구리헤엄을 쳤고, 나는 그를 홀로 놔둔 채 마리에게 갔다. 물은 차가웠고, 수영하니까 기분이 좋았다. 마리와 나는 멀리까지 헤엄쳤고, 몸짓과 흡족함을 통해 하나가 되는 느낌이었다.

먼바다에서 우리는 배영 자세를 취했다. 하늘을 향한 내 얼굴 위에서 태양이 입가에 흐르는 바닷물의 마지막 장막들을 열어젖히며 건조시켰다. 마송이 일광욕하러 바닷가로 되돌아가는 게 보였다. 멀리서 봐도 덩치가 컸다. 마리가 나랑 일심동체로 수영하고 싶어 했다. 나는 에돌아 헤엄쳐 그녀의 허리를 뒤에서 붙잡았다. 내가 물장구치면서 도와준 덕분에 그녀는 팔심으로 물살을 가르며 나아갔다. 물이 첨벙거리면서 튀는 소리가 아침 햇빛 속에서 피로를 느낄 때까지 뒤쫓아 왔다. 그러자 나는 마리를 놔주고 부드럽게 수영하면서 숨을 골랐다. 해변에서 나는 마송의 옆에 엎드려 늘어지며 모래밭에 손가락을 집어넣었다. 나는 "좋아요"라고 말했고, 그도 마찬가지라고 했다. 잠시 후 마리가 왔다. 나는 그녀가 걸어오는 걸 보려고 몸을 뒤집었다. 그녀는 온몸이 소금물로 끈적끈적했고, 머리카락은 뒤로 늘어뜨리고 있었다. 그녀가 내 옆구리에 몸을 대고 길게 누웠고, 그녀의 몸과 태양이 내뿜는 두 가지 열기에 취해 나는 설핏 잠들었다.

마리가 나를 흔들어 깨우더니 마송이 오두막으로 돌아갔다고 말했다. 점심 먹을 때가 됐다. 나는 배가 고팠으므로 즉시 일어났지만, 마리는 내가 아침부터 자기에게 한 번도 키스하지 않았다고 말했다. 그건 맞는 말인데, 사실 나도 그걸 갈망했었다. "물에 들어가자." 그녀가 말했다. 우리는 첫 번째로 오는 약한 파도에 몸을 맡기려고 마구 달렸다. 우리가 몇 차례 물을 가르자 그녀가 몸을 밀착했다. 그녀의 다리가 내 다리에 얽히는 걸 느꼈고, 나는 그녀를 욕망했다.

우리가 물에서 나오자마자 마송이 소리쳐 불렀다. 내가 배고프다고 말하자 그는 난데없이 자기 아내에게 내가 마음에 든다고 외쳤다. 빵은 맛있었고, 나는 탐욕스럽게 생선을 뜯어 먹었다. 이어서 쇠고기와 감자튀김이 나왔다. 우리는 모두 말없이 먹었다. 마송이 포도주를 연신 마시며, 내 잔을 거듭 채웠다. 커피를 마셨더니 머리가 무거워진 나는 줄담배를 피웠다. 마송, 레몽, 그리고 나는 비용을 각출해서 8월 한 달 동안 바닷가에서 보낼 계획을 세웠다. 마리가 갑자기 우리에게 물었다. "당신들 지금 몇 시인지 알아요? 겨우 11시 반이에요." 우리 모두 놀랐지만, 마송은 우리가 이른 점심을 먹은 건 점심시간이 곧 배고플 때이므로 자연스러운 일이라고 말했다. 나는 마리가 그 말에 웃는 까닭을 몰랐다. 그녀가 좀 과음했다는 생각이 들었다. 그때 마송이 해변에서 함께 산책하지 않겠느냐고 물었다. "아내는 점심 먹은 뒤 늘 낮잠을 잔답니다. 나는 그게 싫어요. 나는 걸어야 합니다. 아내에게는 걷는 게 항상 건강에 더 좋을 거라고 말합니다. 하지만 누가 뭐래도 결정은 아내가 하는 거죠." 마리는 마송의 부인이 설거지하는 걸 돕기 위해 남겠다고 밝혔다. 아담한 파리 여자는 그러자면 남자들이 모두 밖으로 나가야 한다고 말했다. 우리 셋은 계단을 내려갔다.

태양은 모래밭에 수직으로 내리쪼였고, 바닷물 위에 쏟아진 햇빛은 견딜 수 없이 강렬했다. 해변에는 인적이 끊겼다. 바다 쪽으로 경사진 평원 가장자리에 늘어선 오두막들에서는 접시와 식기가 달그락거리는 소리가 들렸다. 우리는 땅을 뚫고 솟은 돌들의 열기 속에서 숨 쉬기 힘들었다. 레몽과 마송은 내게 생소한 일들과 사람들에 대해 말하기 시작했다. 오래전부터 그들이 알고 지냈고, 한때 한 지붕 아래 살기도 했다는 걸 나는 깨달았다. 우리는 바닷물을 향해 가서 바다의 테두리를 따라 걸었다. 때때로 앞선 파도보다 길게 해변을 핥은 연한 물결이 우리의 캔버스 신발을 흠뻑 적셨다. 모자를 쓰지 않은 내 머리 위에서 태양이 작열하는 바람에 나는 반쯤 몽롱한 채 멍하니 있었다.

바로 그때, 레몽이 마송에게 뭔가 말했는데 나는 알아듣지 못했다. 하지만 동시에 해변 저 끝 우리랑 한참 떨어진 곳에서부터 우리 쪽으로 오고 있는 푸른 작업복 차림의 아랍인 두 명이 도드라져 보였다 내가 레몽을 쳐다보자 그가 말했다. "그놈이야." 우리는 계속 걸었다. 마송은 그들이 어떻게 우리를 쫓아왔는지 궁금해했다. 우리가 비치백을 들고 버스에 타는 걸 그들이 분명히 봤다고 나는 생각했지만, 아무 말도 하지 않았다.

아랍인들은 천천히 걸어왔지만, 벌써 더 가까워졌다. 우리는 걷는 속도를 유지했지만 레몽이 말했다. "싸움이 벌어지면, 너, 마송은 두 번째 놈을 맡아. 나는 내 몫의 그놈을 맡을게. 너, 뫼르소, 만약 딴 놈이 나타나면 네 차지야." 나는 말했다. "그래." 그리고 마송은 주머니에 양손을 집어넣었다. 모래밭이 너무 달궈진 나머지 벌겋게 보였다. 우리는 아랍인들을 향해 보조를 맞춰 나아갔다. 우리와 아랍인들의 간격이 점차 좁혀졌다. 서로 몇 걸음 정도 두게 되자 아랍인들이 멈췄다. 마송과 나는 걸음을 늦췄다. 레몽은 곧장 그의 맞수를 향해 나아갔다. 나는 그가 아랍인에게 하는 말을 잘 알아듣지 못했지만, 아랍인이 머리로 들이받으려는 동작을 취했다. 그러자 레몽이 먼저 첫 방을 때렸고, 곧이어 마송을 불렀다. 마송은 자신이 맡기로 한 작자에게 가서는 온 체중을 실어서 두 차례 가격했다. 아랍인은 물속에 얼굴을 처박으면서 쭉 뻗더니 몇 초 동안 그대로 있었고, 머리 주변의 수면 위로 거품이 보글보글 일었다. 그러는 동안 레몽도 역시 주먹을 휘둘렀고, 상대방의 얼굴은 피투성이가 됐다. 레몽이 내 쪽으로 몸을 돌려 말했다. "이놈이 어떤 꼴이 되는지 잘 보라고." 나는 그에게 소리쳤다. "조심해. 녀석에게 칼이 있어!" 하지만 이미 레몽은 팔에 칼을 맞았고, 입술도 베였다.

마송이 앞으로 몸을 날렸다. 하지만 다른 아랍인이 몸을 일으키더니 칼을 든 동료의 뒤에 자리를 잡았다. 우리는 감히 움직이지 못했다. 그들은 우리를 계속 노려보면서 천천히 뒷걸음질 쳤고, 여전히 우리에게 칼을 겨누었다. 그들은 충분한 거리를 확보했다는 생각이 들자 부리나케 도망쳤다. 그러는 사이 우리는 태양 아래 붙박여 있었고, 레몽은 핏방울이 떨어지는 팔을 움켜쥐고 있었다.

마송은 일요일을 여기 바닷가에서 보내는 의사 한 명이 있다고 재빨리 말했다. 레몽은 의사에게 당장 가고 싶어 했다. 하지만 그가 말할 때마다 상처에서 흐른 피로 인해 입에 거품이 일었다. 우리는 그를 부축해서 최대한 빨리 오두막으로 돌아왔다. 오두막에서 레몽은 상처가 대수롭지 않으니 의사에게 갈 수 있겠다고 말했다. 그는 마송과 함께 떠났고, 나는 여자들에게 무슨 일이 일어났는지 설명하려고 남았다. 마송의 부인이 울었고, 마리는 얼굴이 하얗게 질렸다. 나는 그녀들에게 설명하는 게 번거로웠다. 결국 입을 다문 뒤 바다를 바라보면서 담배를 피웠다.

1시 반쯤, 레몽은 마송과 함께 돌아왔다. 그는 팔에 붕대를 감았고 입술 언저리에 반창고를 붙였다. 의사는 대수롭지 않다고 진단했지만, 레몽은 무척 우울해 보였다. 마송은 그를 웃기려고 애썼다. 하지만 그는 내내 말을 하지 않았다. 그가 바닷가로 내려가겠다고 말하자 나는 어디로 가려는 거냐고 물었다. 그는 바람을 쐬고 싶다고 대답했다. 마송과 나는 동행하겠다고 말했다. 그러자 그는 화를 내더니 우리에게 욕을 했다. 마송은 레몽을 언짢게 하지 않는 게 좋겠다고 말했다. 그래도 나는 그를 따라갔다.

우리는 바닷가를 오래 거닐었다. 태양이 이제 찍어 누르고 있었다. 태양은 모래밭과 바다 위에서 조각조각 부서졌다. 나는 레몽이 스스로 어디로 가는지 알고 있다는 느낌이 들었지만, 잘못 짚었는지도 몰랐다. 바닷가 끝까지 가자 우리는 마침내 큰 바위 뒤에서 솟구쳐 모래밭 속으로 흐르는 작은 샘에 이르렀다. 거기에서, 우리는 아랍인 두 명을 찾아냈다. 그들은 기름때 묻은 작업복을 입은 채 누워 있었다. 아주 느긋한 기색이었고, 흡족해하는 듯했다. 우리가 나타나도 눈 하나 깜짝하지 않았다. 레몽을 찌른 아랍인은 말없이 그를 바라봤다. 다른 아랍인은 작은 갈대로 피리를 불었고, 우리를 곁눈질하면서 갈대로 낼 수 있는 세 음을 쉼 없이 반복했다.

그러는 사이, 오직 태양, 그리고 살살 샘물 솟는 소리와 세 음이 어우러진 그 침묵뿐이었다. 이어서 레몽이 주머니의 권총에 손을 가져갔지만, 상대방은 움직이지 않았고, 두 사람은 내내 서로를 쳐다봤다. 나는 피리를 부는 자의 발가락들이 긴장감 때문에 무척 벌어진 것을 눈으로 포착했다. 하지만 레몽은 적에게서 눈을 떼지 않은 채 내게 물었다. "저놈을 쓰러뜨릴까?" 내가 안 된다고 말하면 그는 저 혼자서 흥분해 방아쇠를 당길지 몰랐다. 나는 단지 이렇게 말했을 뿐이다. "녀석이 네게 아직 말을 안 했어. 그런데도 쏜다면 너는 나쁜 놈이 될 거야." 침묵과 더위의 한복판에서 희미한 물소리와 피리 소리가 여전히 들렸다. 레몽이 말했다. "그러면 내가 저놈에게 욕을 해서 저놈이 대꾸할 때 쓰러뜨리지." 내가 대답했다. "그래, 하지만 녀석이 칼을 꺼내 들지 않으면 너는 총을 쏠 수 없어." 레몽은 약간 흥분하기 시작했다. 다른 아랍인은 계속 피리를 불었고, 두 사람 모두 레몽의 일거수일투족을 응시했다.

"안 돼." 내가 말했다. "남자 대 남자답게 굴자. 내게 권총을 줘. 만약 딴 놈이 개입하거나 칼을 꺼내면, 내가 그놈을 쓰러뜨릴게."

레몽이 내게 권총을 건네자 햇빛이 그 위로 미끄러져 내려왔다. 하지만 주변이 우리를 둘러싸고 차단한 듯이 우리는 여전히 꼼짝하지 않았다. 우리는 시선을 낮추지 않은 채 서로 마주 봤고, 모든 것이 이곳 바다와 모래밭, 그리고 태양, 피리 소리와 물소리가 자아내는 두 겹의 침묵 사이에서 멈춰버렸다. 나는 그 순간 내가 총을 쏠 수도 있고, 쏘지 않을 수도 있다고 생각했다. 그런데 느닷없이, 아랍인들이 뒤로 물러나 바위 뒤로 몸을 굴렸다. 레몽과 나도 뒤로 물러섰다. 기분이 한결 나아진 듯한 레몽은 집에 가는 버스에 대해 말했다.

나는 오두막까지 그와 동행했고, 그가 나무 계단을 올라가는 동안 첫 층계에서 멈춰 섰고, 머리가 햇빛으로 쑤시는 가운데 힘들게 나무 계단을 걸어 올라가서 여자들과 다시 마주친다고 생각하니까 귀찮아졌다. 하지만 더위가 너무 심한 나머지 하늘에서 쏟아져 눈을 멀게 하는 태양의 불비 아래 꼼짝하지 않고 그대로 있는 것도 고통스러웠다. 여기 남아 있느냐 떠나느냐, 그건 어차피 마찬가지였다. 잠시 후, 나는 바닷가를 향해 몸을 돌려서 걷기 시작했다.

여전히 태양은 붉게 작열했다. 해변 위로 바다가 빠르고 숨

차게 잔물결을 쏟아내면서 헐떡거렸다. 나는 바위들을 향해서 천천히 걸어갔고, 내 이마가 햇빛을 받아 부풀어 오르는 걸 느꼈다. 그 모든 더위가 나를 짓눌렀고 내 전진을 가로막았다. 그리고 내 얼굴 위로 거친 숨결을 느낄 때마다 나는 이를 악물었고, 바지 주머니 속에서 두 주먹을 쥐며 태양과 그것이 내게 쏟아붓는 그 혼탁한 취기를 모조리 무찌르려고 온몸을 긴장시켰다. 모래밭과 하얀 조개껍데기 혹은 유리 조각에서 분출하는 빛의 칼날에 찔릴 때마다 내 턱은 오그라들었다. 나는 오랫동안 걸었다.

나는 멀리서 눈부신 빛무리와 바다의 물보라에 둘러싸인 작고 거무스름한 바윗덩어리를 알아봤다. 나는 그 바위 뒤에 있을 상쾌한 샘을 생각했다. 나는 샘물의 조잘거림을 몹시 다시 듣고 싶었고, 태양과 안간힘과 여자들의 울음에서 벗어나고 싶었고, 그늘과 그 아래에서의 휴식을 되찾고 싶었다. 하지만 더 가까이 가자 나는 레몽의 맞수가 돌아와 있음을 알았다.

그는 혼자였다. 그는 벌렁 누워서 두 손을 목덜미에 괴고 이마는 바위 그늘로 가렸지만, 사지는 햇빛을 쬐고 있었다. 그의 푸른색 작업복은 더위 속에서 김을 내뿜었다. 나는 약간 놀랐다. 내가 보기에 모두 끝난 이야기였고, 나는 그 일에 대해 생각하지 않은 채 거기로 왔다.

그는 나를 보자마자 약간 몸을 일으키더니 주머니에 손을 가져갔다. 나는 자연스레 저고리에 있는 레몽의 권총을 손에 쥐었다. 그러자 다시 그는 몸을 젖혀 누웠지만, 주머니에서 손을 떼지는 않았다. 나는 그에게서 약 10여 미터가량, 꽤 멀리 떨어져 있었다. 나는 그의 반쯤 감긴 눈꺼풀 아래로 시선이 향하는 곳을 때때로 짐작했다. 하지만 더 자주, 그의 형체는 내 눈앞에서, 불타오르는 공기 속에서 아른아른 흔들렸다. 파도 소리는 정오 때보다 더욱더 나른했고, 평온했다. 똑같은 모래밭 위로 똑같은 태양과 똑같은 빛이 쏟아져 내렸다. 두 시간째 낮은 더 나아가지 않았고, 두 시간째 뜨겁게 달군 쇠붙이나 다름없는 대양 속에 닻을 내리고 있었다. 수평선에서, 작은 증기선이 지나갔다. 곁눈질을 통해 그 배는 검은 점으로 보였다. 내가 잠시도 아랍인에게서 시선을 뗄 수 없었기 때문이다.

나는 몸을 반쯤 돌려 되돌아가기만 하면 모든 것이 끝난다고 생각했다. 하지만 햇빛에 요동치는 해변이 통째로 등 뒤에서 밀려왔다. 나는 샘물을 향해 몇 발자국 내디뎠다. 아랍인은 움직이지 않았다. 아무튼 그는 여전히 꽤 멀리 있었다. 아마도 그의 얼굴에 드리운 그림자 때문인지 그는 웃는 것처럼 보였다. 나는 기다렸다. 태양의 불길이 내 뺨을 덮쳤고, 나는 땀방울이 눈썹에 맺히는 걸 느꼈다. 내가 엄마 장례식을 치르던 날과 똑같은 태양이었고, 그때와 마찬가지로, 무엇보다도 이마가 아팠고, 이마의 모든 핏줄이 살갗 아래에서 한꺼번에 두드려댔다. 더는 견딜 수 없는 그 불길 때문에 나는 앞으로 한 걸음 움직였다. 그게 바보짓이란 걸 알았고, 한 걸음 움직인다고 해서 태양에서 벗어날 수 없다는 것도 알았다. 하지만 나는 한 걸음, 오로지 앞으로 한 걸음 내디뎠다. 그러자 아랍인은 몸을 벌떡 일으키지도 않은 채 칼을 꺼내 들었고, 햇빛 속에서 나를 향해 내밀었다. 빛이 강철에서 튀어나왔고, 마치 번득이는 장검이 내 이마를 찌르는 듯했다. 동시에 내 눈썹에 맺힌 땀방울이 갑자기 눈꺼풀 위로 흘러내려서 뜨듯하고 두꺼운 너울로 눈꺼풀을 덮어버렸다. 내 두 눈이 그 눈물과 소금의 장막에 덮여 앞이 캄캄했다. 나는 태양이 내 이마에 부딪혀 챙 하고 울리는 심벌즈 소리와 꾸준히 나를 겨눈 칼에서 따갑게 번득이는 양날을 어렴풋이 느낄 따름이었다. 불타는 칼날이 내 속눈썹을 물어뜯었고, 두 눈을 고통스럽게 후벼 팠다. 그때 모든 게 휘청거렸다. 바다는 무겁고 통렬한 탄식을 내뱉었다. 하늘이 끝에서 끝까지 갈라져서 불비를 쏟아부으려는 듯했다. 내 모든 존재가 팽팽하게 긴장했고, 나는 손에 든 권총을 움켜쥐었다. 방아쇠가 당겨졌고, 내가 권총의 매끄러운 손잡이를 쥔 가운데, 귀청을 찢으면서 동시에 귀를 틀어막는 듯한 소리와 함께 모든 일이 시작됐다. 나는 땀과 햇빛을 떨쳐버렸다. 내가 낮의 균형과 잠시 행복해했던 해변의 예사롭지 않은 침묵을 깨뜨렸다는 걸 깨달았다. 그러고 나서 나는 꿈쩍도 하지 않는 그 몸통을 향해 네 발을 더 쐈다. 총알들이 흔적 없이 깊숙이 처박혔다. 그리고 그것은 마치 내가 불행의 문을 급하게 네 번 두드린 듯했다.

제2부

1

체포된 뒤 나는 여러 차례 신문을 받았다. 하지만 신상을 확인하는 인정신문이어서 오래 걸리지 않았다. 첫 번째 신문은 경찰서에서 이뤄졌는데, 아무도 내 사건에 흥미를 느끼지 않는 듯했다. 일주일 후 예심판사는 남들과는 달리 호기심 어린 시선으로 나를 쳐다봤다. 하지만 처음에 그는 내 이름과 주소, 직업, 생년월일과 출생지에 관해 물어보기만 했다. 이어서 그는 내가 변호사를 선임했는지 알고자 했다. 나는 선임하지 않았다고 답하면서 변호사를 반드시 선임해야 하느냐고 판사에게 질문했다. "왜죠?" 그가 말했다. 나는 내 사건이 매우 간단한 일이기 때문이라고 대답했다. 그는 말하면서 미소를 지었다. "그건 당신 의견이고요. 법은 법이죠. 당신이 변호인을 선임하지 않으면, 우리가 국선변호인을 임명할 겁니다." 사법부가 그런 세부 사항까지 떠맡으니 참으로 편리하다고 생각했다. 나는 그에게 그렇게 말했다. 그는 동의하더니 법은 엄정하게 집행된다고 단언했다.

처음에 나는 그를 진지하게 여기지 않았다. 그는 커튼이 쳐진 사무실에서 나를 맞았고, 그의 책상에는 램프 한 대만 놓여 있었다. 램프는 그가 나를 앉힌 의자를 향해 조명을 비췄고, 그러는 동안 그 자신은 어둠 속에 있었다. 나는 책 속에서 그와 비슷한 묘사를 읽은 적이 있어서 그 모든 일이 게임처럼 여겨졌다. 하지만 우리가 대화를 마친 뒤 나는 그를 응시했다. 이목구비가 섬세하고, 커다랗고 깊숙한 푸른색 눈동자를 지녔고, 잿빛 콧수염을 길게 길렀고, 풍성한 머리카락이 거의 백발인 남자였다. 입술을 씰룩거리는 약간의 신경성 경련에도 불구하고 명석해 보였고, 요컨대 호감이 가는 사람이었다. 사무실을 나오면서, 나는 그에게 악수를 청하려고 했다가 급기야 내가 사람을 죽였다는 걸 기억해냈다.

다음 날, 변호사가 나를 보러 감옥에 왔다. 그는 키가 작고 통통하면서 꽤 젊었고, 머리카락에 정성껏 기름을 발라 뒤로 빗어 넘겼다. 날씨가 더웠는데도(나는 셔츠 차림이었다) 그는 검은색 정장 차림이었고, 셔츠 깃을 뻣뻣하게 세운 채 흑백

굵은 줄무늬로 된 괴상한 넥타이를 매고 있었다. 그는 겨드랑이에 끼고 있던 서류 가방을 내 침대에 놓더니 자신을 소개하고는 내 서류를 다 검토했다고 말했다. 내 사건은 까다롭지만, 내가 자기를 신뢰한다면 승소를 의심하지 않는다고 말했다. 내가 고마워하자 그는 말했다. "본론으로 들어갑시다."

그는 침대에 앉더니 수사관들이 내 사생활에 관한 정보를 수집했다고 전했다. 엄마가 최근 요양원에서 사망한 일을 그들이 알았다는 거였다. 그래서 그들이 마랭고에 가서 탐문을 했다. 수사관들은 엄마 장례식 날에 '내가 슬퍼하지 않으면서 무덤덤한 태도를 보였다'라는 걸 알아냈다. "당연히." 변호사가 말했다. "그 일에 대해 내가 여쭤보면 당신은 괴로우시겠죠. 하지만 그것은 매우 중요합니다. 만약 제가 그 일에 대해 아무런 변호도 하지 못하면 중대한 기소 사유가 됩니다." 그는 내 협조를 바랐다. 그는 그날 내가 상심했는지 물었다. 그 질문은 나를 매우 놀라게 했고, 내가 그런 질문을 던져야 했다면 얼마나 당혹스러웠을까, 하고 생각했다. 그렇지만 나는 스스로 감정 상태를 분석하는 습관을 잃어버린 편이라서 설명하기 곤란하다고 대답했다. 당연히 나는 엄마를 무척 사랑했지만, 그건 아무 의미가 없는 것이었다. 모든 정상적인 사람들도 때때로 그들이 사랑하는 사람의 죽음을 바랐다. 이 대목에서 변호사는 내 말을 끊더니 무척 당황한 듯 보였다. 그는 나더러 그런 말을 법정에서도, 예심판사 사무실에서도 하지 않겠다고 약속하라고 요구했다. 그래서 나는 육체적인 필요가 종종 내 감정에 개입하는 성격이라고 설명했다. 엄마 장례식을 치른 날, 나는 무척 피곤했고 졸렸다. 무슨 일이 벌어지는지 깨닫지 못할 정도였다. 분명히 내가 말할 수 있는 것은, 엄마가 죽지 않았으면 더 좋았을 텐데, 라는 거였다. 하지만 내 변호사는 마뜩잖은 표정이었다. 그가 말했다. "그걸로는 충분치 않아요."

그는 곰곰이 생각했다. 그날 내가 감정을 전적으로 통제하고 있었다고 변호해도 되겠느냐고 물었다. 나는 그에게 말했다. "아니요, 그건 진실이 아니니까요." 그는 마치 내가 자기를 약간 역겹게 했다는 듯이 나를 이상한 눈길로 쳐다봤다. 그는 어찌 됐든 간에 요양원 원장과 직원이 증인으로 소환될 것이고, '그러면 사태는 나에게 매우 더럽게 전개될 수 있다'라고 거의 혹독할 정도로 말했다. 나는 엄마의 장례식이 내 사건과 아무런 관련이 없다고 지적했다. 하지만 그는 내가 한 번도 사법부를 상대해본 적이 없는 게 분명하다고 대꾸할 따름이었다.

그는 화난 표정으로 떠났다. 나는 그를 다시 불러 더 나은 변호를 받기보다는, 말하자면 당연히 그의 공감을 원한다고 설명하고 싶었다. 무엇보다도 내가 그를 불편하게 했음이 분명했다. 그는 나를 이해하지 못했고 오히려 약간 원망했다. 나는 모든 사람과 다를 바 없다고, 절대적으로 다를 바 없다고 주장하고 싶은 욕망이 일었다. 하지만 그 모든 것은 사실 별로 소용이 없는 짓이었고, 나는 귀찮아서 그러기를 포기했다.

얼마 뒤, 나는 다시 예심판사 앞으로 불려 갔다. 오후 2시였고 이번에 그의 사무실은 살짝 커튼이 쳐져 있어서 빛으로 충만했다. 날씨가 무척 더웠다. 그는 나를 앉히더니 매우 정중하게 내 변호사가 "예상치 못한 사정으로" 오지 않았다고 일러줬다. 하지만 나는 그의 질문에 묵비권을 행사하면서 변호사의 도움을 받도록 기다릴 권리가 있다는 것이었다. 그래도 나는 혼자서 대답할 수 있다고 말했다. 그는 손가락으로 책상에 있는 버튼을 눌렀다. 젊은 서기가 들어오더니 내 등 바로 뒤에 앉았다.

우리 두 사람은 의자에 편하게 기댔다. 신문이 시작됐다. 그는 우선 내가 과묵하고 내향적인 성격의 소유자로 묘사됐는데 거기에 대해 어떻게 생각하느냐고 물었다. 나는 대답했다. "별로 할 말이 없으니까요. 그러니 나는 입을 다물지요." 그는 지난번처럼 미소를 짓더니 그보다 더 탁월한 이유는 없다고 인정하고선 덧붙여 말했다. "아무튼 그건 전혀 중요한 일이 아닙니다." 그는 입을 다물고서 나를 쳐다보더니 매우 느닷없이 정색하고선 신속하게 말했다. "내 관심사는 바로 당신입니다." 나는 그의 의도를 잘 이해하지 못했고, 아무런 대답도 하지 않았다. "당신의 행동에는 이해하기 힘든 게 몇 가지 있어요." 그가 말을 이었다. "나는 당신이 그 점들에 대해 내가 이해하도록 도와줄 거라고 확신합니다." 나는 모든 일이 지극히 단순하다고 말했다. 그는 사건 당일의 내 행적을 재현하라고 주문했다. 나는 이미 그에게 진술한 대로 다시 말했다. 레몽, 바닷가, 해수욕, 난투극, 그리고 다시 바닷가, 작은 샘, 태양과 다섯 발의 권총 사격. 내가 진술할 때마다 그는 말했다. "그래요, 그래요." 내가 쓰러진 주검에 대해 말할 때가 되자 그는 "좋아요"라고 말하면서 동감을 표시했다. 나는 그렇게 똑같은 이야기를 되풀이하는 데 지쳤고, 전에는 그렇게 많이 말해본 적이 없는 듯했다.

잠시 침묵이 흐른 뒤, 그가 일어서더니 나를 돕고 싶다고 하면서 내게 흥미를 느꼈고, 신의 도움을 받아 나를 위해 뭔가 해주겠다고 말했다. 하지만 먼저 그는 몇 가지 질문을 더 하고자 했다. 단도직입적으로 그는 내게 엄마를 사랑했느냐고 물었다. 내가 "네, 누구나 그러하듯이"라고 말하자 그때까지 타자기를 또박또박 두드리던 서기가 오타를 낸 모양이었다. 그가 당황한 나머지 앞 문장으로 돌아가 고쳐야 했기 때문이다. 여전히 뚜렷한 논리적 이유도 없이, 예심판사는 내게 권총 다섯 발을 연속해서 발사했느냐고 물었다. 나는 곰곰이 생각한 뒤 먼저 한 발을 쐈고, 몇 초 후에 나머지 네 발을 쐈다고 분명히 말했다. 그러자 "왜 당신은 첫 발을 쏘고 나서 두 번째 쏠 때까지 뜸을 들였나요?"라고 말했다. 다시 한번 더 붉은 바닷가가 눈앞에 선연히 떠올랐고 내 이마에 닿은 태양의 불길을 느꼈다. 그러나 이번에 나는 아무런 대답도 하지 않았다. 그 모든 침묵이 이어지는 동안 예심판사는 흥분한 기색이었다. 그가 앉더니 손가락으로 머리카락을 쓸어 넘기면서 팔꿈치를 책상에 대고는 이상한 표정을 지으며 나를 향해 몸을 기울였다. "왜, 왜 당신은 땅바닥에 쓰러진 시신에 총을 쐈나요?" 그때 역시 나는 대답할 수 없었다. 예심판사는 이마를 손으로 쓰다듬으면서 약간 다른 어조로 그 질문을 되풀이했다. "왜 그랬죠? 당신은 그 이유를 내게 말해야만 해요. 왜 그랬죠?" 나는 여전히 입을 다물었다.

느닷없이, 그가 일어서더니 성큼성큼 사무실 끝으로 걸어가서는 서류 분류함의 서랍을 열었다. 그는 은으로 만든 십자가를 꺼내더니 내게 다가오면서 그것을 뒤흔들었다. 그리고 완전히 돌변한 목소리로, 거의 떨면서 외쳤다. "당신은 이걸 알아보겠소?" 나는 대답했다. "네, 당연하죠." 그러자 그는 매우 빠르고 격정적인 어조로 말했다. 그는 신을 믿고 있고, 그의 신념에 따르면 그 어떤 인간도 신이 용서하지 못할 정도로 죄를 짓지는 않지만, 용서받기 위해서 인간은 회개해야 하고 그 영혼이 어린아이처럼 다시 백지가 돼 모든 걸 받아들일 준비를 해야 한다는 것이었다. 그는 온몸을 책상 위로 기울였다. 내 머리 가까이에서 십자가를 흔들었다. 솔직히 말해서 나는 그의 주장을 제대로 따라가기 힘들었다. 무엇보다도 더웠고, 사무실에 있던 덩치 큰 파리 한 마리가 내 얼굴에 자꾸 앉으면서 약간 겁을 줬기 때문이다. 동시에 나는 이 모든 일이 우스꽝스럽다고 생각했다. 이러나저러나 죄인은 나였기 때문이다. 그래도 그는 계속했다. 그의 주장에 따르면, 내 자백에 모호한 점이 있는데, 그것은 두 번째 발사 전에 뜸을 들였다는 사실이란 걸 나는 어렴풋이 깨달았다. 그 밖의 나머지 자백은 아주 좋았지만, 그처럼 뜸 들인 점에 대해서 그는 이해하지 못했다.

나는 그더러 집착하는 게 옳지 않다고 말하려고 했다. 그 마지막 사항은 그토록 중요하지 않았다. 하지만 그가 내 말을 가로막더니 벌떡 일어나서는 나더러 신을 믿느냐고 물으면서 마지막으로 부추겼다. 나는 아니라고 대답했다. 그는 성난 채 털썩 자리에 앉았다. 그는 신을 믿지 않는 것은 불가능하고, 신에게서 얼굴을 돌린 사람들조차도 신을 믿는다고 말했다. 그것이 자기의 신념이었고, 거기에 의문의 여지가 있다면 자기의 삶은 더는 의미가 없을 것이라고 말했다. "당신은 내 삶이 무의미하기를 원하나요?"라고 그가 외쳤다. 내 생각에 그건 나와 상관이 없는 일이라서 나는 그에게 그대로 말했다. 하지만 책상을 가로질러 그는 벌써 십자가를 내 눈 밑에 들이댔고 미친 듯이 외쳤다. "나는 기독교인이야. 나는 그분께 네 잘못을 용서해달라고 빌고 있어. 어째서 너는 그분이 너로 인해 고통스러워하는 걸 믿지 않느냐?" 나는 그가 반말을 하는 걸 알았지만, 아무래도 상관없었다. 더위가 점점 더 심해졌다. 내가 별로 귀 기울이지 않는 누군가에게서 벗어나고 싶을 때마다 늘 그러듯이 나는 동의하는 표정을 지었다. 놀랍게도, 그는 의기양양해졌다. "거봐, 거봐." 그는 말했다. "너도 믿는 거잖아? 그리고 그분께 너를 맡길 거잖아?" 결국 나는 또다시 아니라고 말했다. 그는 의자에 털썩 도로 주저앉았다.

그는 피곤한 표정을 지었다. 우리 대화를 줄곧 따라오던 타자기가 여전히 마지막 몇 문장을 찍어대는 동안 그는 잠시 침묵을 지켰다. 그러고 나선 나를 뚫어지게, 약간 슬픈 듯이 쳐다보았다. 그는 웅얼거렸다. "나는 당신처럼 완고한 영혼은 본 적이 없어요. 내 앞에 온 범죄자들은 이 고통의 형상 앞에서 늘 울었습니다." 나는 범죄자들이므로 당연히 그럴 뿐이라고 대꾸할 참이었다. 하지만 나 역시 그들과 똑같다는 생각이 들었다. 내가 받아들이기 힘든 생각이었다. 그러자 예심판사는 신문이 종료됐다는 듯이 일어섰다. 그는 약간 피곤한 표정으로 내게 내 행동을 후회하는지 물어볼 뿐이었다. 나는 곰곰이 생각하고는 정말로 후회하기보다는 약간 권태로움을 절감한다고 말했다. 나는 그가 나를 이해하지 못했다는 인상을 받았다. 하지만 그날 상황은 더 멀리 나아가지 않았다.

그 이후에도 나는 예심판사를 자주 만났다. 다만 매번 변호사를 대동했다. 그들은 나의 앞선 진술 중 일부 사항을 확인하는 정도에 그쳤다. 그 밖에 예심판사는 변호사와 함께 공소사실에 대해 논의했다. 하지만 그들은 사실상 그때 나를 전혀 안중에 두지 않았다. 아무튼 차츰차츰 신문의 어조가 바뀌었다. 예심판사는 더는 내게 관심이 없고 내 사건을 그럭저럭 종결한 듯했다. 그는 다시는 신에 대해 말하지 않았고, 그 첫날처럼 흥분한 모습도 더는 보이지 않았다. 결국 우리들의 대화는 더 살가워졌다. 몇 가지 질문과 내 변호사와의 짧은 대화 이후에 신문이 끝났다. 예심판사의 표현에 따르면, 내 사건은 절차에 따라 순조롭게 진행됐다. 이따금 대화가 일반적인 문제를 다루면 그들이 나를 참여시켰다. 나는 숨통이 트였다. 그 모임이 열리는 동안 아무도 내게 못되게 굴지 않았다. 모든 일이 너무 자연스럽고, 너무 순조롭고, 너무 꾸밈없이 처리됐기에 '가족 파티에 참석한다'라는 우스꽝스러운 느낌이 들었다. 열한 달 동안 지속된 예심 내내, 간혹 예심판사가 사무실 문까지 나를 배웅하면서 내 어깨를 툭 치곤 다정한 표정으로 "오늘은 이만 끝났습니다, 적그리스도 선생"이라고 말하곤 했다. 나는 솔직히 말해서 그처럼 희귀한 순간들 말고는 내가 결코 즐거워한 적이 없다는 것을 깨닫곤 깜짝 놀랐다. 그러고 나서 나는 경찰관들의 손에 인계되었다.

2

내가 결코 말하고 싶지 않았던 일들이 있다. 감옥에 들어와서 며칠 뒤에 나는 인생의 이 시절에 대해 앞으로 말하고 싶지 않게 되리라는 것을 깨달았다.

더 지난 뒤에는 그런 거부감조차 대수롭지 않게 여기게 됐다. 사실대로 말하자면, 나는 첫 며칠 동안 사실상 감옥에 있는 게 아니었다. 막연하게 새로 일어날 사건들을 기다렸다. 단지 마리가 처음이자 마지막 면회를 오고 나서야 모든 일이 시작됐다. 마리의 편지를 받은 날로부터(마리는 내 아내가 아니므로 더는 면회 허가를 받지 못한다고 말했다), 바로 그날부터 나는 감방이 곧 집이고 내 삶이 거기에서 멈추었다고 느꼈다. 체포된 날, 나는 이미 대부분이 아랍인으로 구성된 수감자들의 감방에 갇혔다. 그들은 나를 보자 웃었다. 그리고 내가 무슨 짓을 했는지 물었다. 아랍인 한 명을 죽였다고 하자 그들은 침묵을 지켰다. 하지만 좀 있다가 저녁이 되자 그들은 내게 잠자리로 쓸 매트를 어떻게 펼치는지 가르쳐줬다. 한쪽 끝을 말아서 베개로 삼을 수 있었다. 밤새 벼룩이 내 얼굴 위를 기어다녔다. 며칠이 지나자 나는 독방에 격리됐고, 나무 침상 위에서 자게 됐다. 변기통과 쇠로 만든 대야도 갖게 됐다. 감옥은 도시의 맨 꼭대기에 있었고, 작은 창문을 통해 바다가 보였다. 어느 날 내가 철창에 기대 빛을 향해 얼굴을 내밀었는데, 교도관이 와서 면회인이 왔다고 알렸다. 나는 마리가 틀림없다고 생각했다. 짐작한 대로 마리였다.

나는 면회실로 가기 위해 긴 복도를 쭉 지나서 계단을 거쳐 마침내 또 다른 복도를 지났다. 나는 커다란 창문을 통해 빛이 환하게 쏟아지는 대형 홀에 들어섰다. 홀은 세로로 박힌 대형 쇠창살 두 개에 의해 세 부분으로 나뉘었다. 두 개의 쇠창살 사이에 8미터 내지 10미터가량의 간격이 있어서 면회인과 재소자를 분리했다. 나는 맞은편에서 줄무늬 원피스 차림에 얼굴이 햇빛에 그을린 마리를 알아봤다. 내가 있는 쪽에는 재소자 여남은 명이 있었는데, 대부분 아랍인이었다. 마리는 아랍 여인들에게 둘러싸인 채 여성 면회인 두 명 사이에 있었다. 두 여성 중 한 명은 검은색 옷차림에 키가 작은 합죽할미였고, 한 명은 히잡을 쓰지 않은 채 온갖 몸짓을 섞어가며 떠드는 뚱보였다. 창살 사이의 거리로 인해 면회인과 재소자는 큰 목소리로 말해야 했다. 내가 들어서자 소란스러운 목소리들이 홀의 텅 빈 벽에 부딪혀 튀어 오르고, 유리창 위로 강렬하게 쏟아지는 햇빛이 홀 안으로 밀려 들어왔으므로 나는 어지럼증을 느낄 지경이었다. 내 감방은 더 고요하고 더 어두웠다. 면회실에 적응하느라 몇 초가 필요했다. 그러나 마침내 나는 밝은 햇빛에 드러난 얼굴들을 저마다 또렷이 봤다. 두 개의 쇠창살 사이 복도 끝에 앉은 교도관이 눈에 들어왔다. 아랍인 죄수들과 그 가족들은 서로 얼굴을 맞댄 채 쭈그려 앉아 있었다. 그들은 소리치지 않았다. 주변의 난장판에도 낮은 음성으로 그럭저럭 대화를 나누었다. 가장 낮은 곳에서부터 울리는 둔탁한 속삭임은 그들의 머리 위에서 교차하는 대화에 저음부의 은은한 배경음악을 형성했다. 그 모든 걸 나는 마리를 향해 다가가면서 재빨리 감지했다. 벌써 창살에 얼굴을 기댄 마리는 안간힘을 써서 내게 미소를 보냈다. 나는 그녀가 아름답다고 느꼈지만, 그녀에게 어떻게 말해야 할지 몰랐다.

"어때?"라고 그녀가 매우 큰 소리로 말했다. "괜찮아. 보다시피." "잘 지내? 뭐 필요한 거 없어?" "없어. 다 있어."

우리는 입을 다물었고 마리는 계속 미소를 지었다. 뚱뚱한 여자가, 아마도 그녀의 남편임직한 내 옆의 재소자를 향해 아우성을 쳤다. 남자는 금발에 눈매가 서글서글하고 키가 컸다. 이미 시작한 대화의 연속이었다.

"잔은 그 애를 챙기고 싶지 않대요." 여자가 고래고래 소리 질렀다. "그래, 그래." 남자가 말했다. "당신이 출소하면 그 애를 도로 데려간다고 말했지만, 잔이 챙기고 싶지 않대요."

마리도 그쪽에서 그에 질세라 목청을 높여 레몽이 내게 안부를 전해달라더라고 외쳤다. 나는 "고마워"라고 말했다. 하지만 내 목소리는 옆 사내가 "그 애가 잘 지내는가"라고 묻는 소리에 묻혀버렸다. 그의 아내는 "지금보다 더 좋을 순 없어요"라고 말하면서 웃었다. 내 왼쪽에 있는 손이 가냘프고 키 작은 청년은 아무런 말도 하지 않았다. 눈여겨보니 그는 자그마한 할머니를 마주 보고 있었고, 두 사람 다 서로를 골똘히 응시하고 있었다. 하지만 나는 그들을 더 오래 지켜볼 시간이 없었다. 마리가 희망을 지녀야만 한다고 내게 외쳤기 때문이다. 나는 말했다. "응." 동시에 나는 그녀를 응시했고, 원피스에 가린 그녀의 어깨를 움켜쥐고 싶었다. 그 부드러운 천을 만지고 싶었다. 그 천 말고 다른 무엇을 내가 희망해야 할지 알 수 없었다. 하지만 아마도 그것은 마리가 말하고 싶은 것이었으리라. 그녀가 줄곧 미소를 짓고 있었으니까. 그녀의 반짝이는 치아와 눈가의 잔주름 말고는 더는 보이지 않았다. 그녀가 다시 외쳤다. "네가 풀려나면 우리 결혼하자!" 나는 대꾸했다. "진짜?" 하지만 우선 아무 말이라도 하려고 던진 소리였다. 그러자 그녀는 매우 빠르게 여전히 목청을 매우 높이면서 내가 무죄판결을 받을 것이고, 우리는 함께 다시 해수욕하러 갈 것이라고 말했다. 그러나 곁에 있던 여자가 아우성을 치면서 영치과에 바구니를 맡겼다고 말했다. 그녀는 바구니에 집어넣은 품목을 모조리 열거했다. 모두 꽤 돈을 들여 산거니까 확인해봐야 한다는 거였다. 내 곁의 청년과 그의 어머니는 줄곧 서로를 응시했다. 아랍인들의 웅얼거림은 우리 아래에서 계속됐다. 바깥에서 빛이 창문에 기대 부풀어 오른 듯했다.

나는 약간 몸이 불편했기 때문에 자리를 뜨고 싶었다. 소음이 나를 괴롭혔다. 하지만 다른 한편으로는 조금 더 마리와의 면회를 만끽하고 싶었다. 시간이 얼마나 흘렀는지 모르겠다. 마리는 자신이 하는 일에 대해 말하면서 미소를 멈추지 않았다. 속삭임, 외침, 대화가 뒤엉켰다. 내 옆에서 작은 청년과 할머니가 서로 응시하면서 작은 외딴섬을 형성했다. 교도관들이 아랍인들을 한 명씩 데려갔다. 첫 번째 죄수가 나가자마자거의 모든 이가 입을 다물었다. 자그마한 할머니가 쇠창살에다가갔고, 그와 동시에 한 교도관이 그녀의 아들에게 신호를보냈다. 아들이 말했다. "엄마, 다음에 또 봐." 그러자 그녀는쇠창살 사이로 손을 집어넣어 천천히 오래도록 미미하게 신호를 그렸다. 할머니가 떠나는 사이 손에 모자를 든 한 남자가들어와서 자리를 잡았다. 한 죄수가 들어와 모자를 든 남자와 활기찼지만 속삭이는 목소리로 대화를 나눴다. 홀이 다시 조용해졌기 때문이다. 교도관들이 내 옆의 남자를 데리러 오자 그의 아내는 더는 외칠 필요가 없는데도 알아차리지 못한 듯 목청을 낮추지 않은 채 남자에게 말했다. "잘 지내시고 몸조심하세요." 이어서 내 차례가 됐다. 마리는 내게 손 키스를 날렸다. 나는 감방으로 가다가 그녀의 시선에서 사라지기 전에 몸을 돌렸다. 그녀는 얼굴을 창살에 댄 채 여전히 불안하고 어색하고 일그러진 미소를 지으면서 꼼짝하지 않고 있었다.

　얼마 후 그녀가 편지를 보냈다. 그리고 그 순간부터 내가 말하고 싶지 않은 일들이 시작됐다. 아무튼 아무것도 과장할 필요는 없었고, 나는 남들보다 수월하게 지냈다. 그러나 수감 생활 초기에 가장 힘든 일은 자유인처럼 생각한다는 점이었다. 예를 들어 해변에서 바다를 향해 들어가고픈 갈망이 나를 사로잡았다. 내 발밑으로 밀려오는 첫 번째 파도 소리, 물에 들어가는 내 몸과 거기서 얻는 해방감을 상상하기만 하면, 갑자기 감옥의 벽들이 나를 옥죄는 느낌이 들었다. 하지만 그런 일은 단지 몇 달간 지속될 따름이었다. 그리고 나서는 죄수처럼 생각하기만 했다. 나는 날마다 운동장에서의 산책과 내 변호사의 방문을 기다렸다. 그 나머지 시간은 아주 잘 사용했다. 만약 내가 마른나무의 몸통 속에 갇혀 머리 위 하늘에 핀 꽃을 바라보기만 하면서 살아가야 했어도 조금씩 적응했으리라고 나는 종종 생각했다. 나는 새의 지나감이나 구름의 뒤섞임을 기다렸을 것이다. 마치 이곳에서 내 변호사의 괴상한 넥타이를 기다리는 것처럼, 그리고 바깥세상에서 마리의 몸을 껴안으려고 토요일까지 기다린 것처럼. 그런데 잘 생각해보면, 나는 마른나무 속에 있지 않았다. 나보다 더 불행한 사람들이 있었다. 아무튼 그것은 엄마의 생각이었고, 그녀는 사람이 결국 모든 것에 적응해버린다고 자주 되풀이했다.

그러나 나는 평상심을 잃을 정도로 너무 멀리 나아가지는 않았다. 처음의 몇 개월은 힘들었다. 하지만 내가 기울여야 했던 바로 그 노력 덕분에 초반기를 잘 보낼 수 있었다. 예를 들면 나는 여자에 대한 욕망으로 인해 괴로워했다. 그것은 자연스러웠고, 나는 젊었다. 나는 딱히 마리만 생각하지는 않았다. 하지만 나는 한 여자를, 여자들을, 내가 알았던 모든 그녀들을, 내가 그녀들을 사랑한 그 모든 정황을 어찌나 많이 생각했는지 내 감방이 그 모든 얼굴들로 가득 채워졌고, 내 욕정들로 북적거렸다. 어떤 의미에서 그것은 나를 심란하게 했다. 하지만 다른 한편으로는 그 덕분에 시간을 죽였다. 나는 식사를 배급하는 식당 소년과 함께 감방을 순회하는 수석 교도관과 그럭저럭 친해지게 됐다. 그가 먼저 여자 이야기를 꺼냈다. 다른 재소자들이 가장 먼저 불평하는 것이 그 문제라고 그는 말했다. 나는 그에게 나도 그들과 마찬가지이고, 그런 대우는 부당하다고 말했다. "하지만." 그가 말했다. "바로 그것 때문에 당신네를 감옥에 집어넣은 거예요." "어째서, 그것 때문인가요?" "그래요. 자유, 바로 그거죠. 당신네는 자유를 박탈당했어요." 나는 그런 생각을 해본 적이 없었다. 나는 그에게 동의했다. "맞아요." 내가 그에게 말했다. "그렇지 않다면, 처벌이 왜 있겠어요?" "그래요. 당신은 세상 이치를 좀 아는군요. 다른 재소자들은 그렇지 않아요. 하지만 그들은 결국 스스로 위안을 구하고 맙니다." 수석 교도관은 그러고 나서 떠났다.

또한 담배도 문제였다. 수감될 때 나는 혁대, 구두끈, 넥타이, 그리고 주머니의 모든 소지품과 특히 담배를 압수당했다. 일단 감방 안에 갇히자마자 나는 담배를 돌려달라고 부탁했다. 하지만 흡연은 금지되어 있다는 것이었다. 처음 며칠은 정말 힘들었다. 아마도 그것이 나를 가장 심하게 무너뜨렸을 것이다. 내 침대 판자에서 뜯어낸 나뭇조각을 빨아대기도 했다. 온종일 끈질긴 구역질이 사라지지 않았다. 나는 담배가 남에게 해를 끼치지도 않는데 왜 압수당했는지 이해하지 못했다. 나중에서야 나는 그것 역시 처벌에 포함되어 있다는 것을 깨달았다. 하지만 그 무렵, 나는 담배를 피우지 않아도 괜찮아졌으므로 그 처벌은 더는 내게 아무것도 아니었다.

그런 성가신 일들을 제외하면, 나는 그다지 불행하지 않았다. 모든 문제는, 다시 말하건대 시간 죽이기였다. 나는 추억에 심취하는 법을 터득한 순간부터 마침내 더는 조금도 지루하지 않게 됐다. 때때로 아파트의 내 방에 대해 생각하기 시작했다. 상상력을 통해 내 방의 한구석에서 출발해서는 한 바퀴 빙 돌아 다시 그 구석으로 돌아올 때까지 내 발길에 걸리는 모든 것을 마음속으로 헤아렸다. 처음에는 매우 빨리 진행됐다. 그러나 내가 다시 시작할 때마다 회상은 조금씩 더 길어졌다. 왜냐하면 나는 그 방의 가구들을 저마다 추억했고, 그 가구마다 그 안에 든 물건을 추억했고, 그 물건마다 그 세부 특징을 추억했고, 그 세부 특징마다 어떤 새김과 어떤 균열 혹은 어떤 이 빠진 테두리와 그것들의 색깔 혹은 그것들의 결을 추억했기 때문이다. 동시에 나는 내 명세표의 가닥을 잃지 않음으로써 수집품 목록을 완벽하게 열거하려고 애썼다. 그 결과, 몇 주 뒤에는 내 방에 있는 것을 헤아리기만 하면서 시간을 보낼 수 있었다. 그토록 내가 더 많이 숙고하면 숙고할수록 내게 홀대받고 잊힌 사물들을 더 많이 기억 속에서 끄집어냈다. 나는 그래서 단 하루만 산 사람도 감옥에서 너끈하게 100년은 살 수 있을 것임을 깨달았다. 그에게도 지루하지 않을 정도로 충분한 추억 거리가 있을 테니. 어떤 의미에서 그것은 특전이었다.

또한 잠이 문제였다. 처음에 나는 밤에 잠을 잘 자지 못했고, 낮에도 전혀 못 잤다. 조금씩, 내 밤들은 좋아졌고, 나는 낮에도 잘 수 있었다. 사실 지난 몇 달 동안 나는 하루에 열여섯 시간에서 열여덟 시간을 잤다. 그래서 남는 여섯 시간은 식사, 배설, 내 추억, 체코슬로바키아 이야기로 죽였다.

실제로 나는 짚을 넣은 매트리스와 침대 판자 사이에서 해묵은 신문지 한 조각을 발견했다. 매트리스의 천에 거의 들러붙어서 색이 노랗게 바랬고 속이 훤히 비치는 종이 쪼가리였다. 앞부분이 잘려 나간 사회면 사건 기사였지만, 체코슬로바키아에서 일어난 일임이 분명했다. 돈을 벌려고 체코의 한 마을을 떠난 사내가 있었다. 25년 만에 부자가 된 그는 아내와 아이를 데리고 귀향했다. 그의 어머니와 누이는 고향에서 여관을 운영했다. 그는 어머니와 누이를 놀라게 해주려고 아내와 아이를 다른 숙소에 남겨두고는 여관으로 향했다. 어머니는 아들이 들어왔을 때 누구인지 알아보지 못했다. 그는 장난을 치려고, 투숙객인 양 방을 잡으려고 했다. 그는 지니고 온 돈을 꺼내 보여줬다. 그날 밤, 어머니와 누이는 돈을 훔치기 위해 그를 망치로 때려죽이고, 시신을 강물에 던졌다. 아침이 되자 그의 아내가 와서 무슨 일이 일어났는지도 모른 채 그 여행자의 정체를 밝혔다. 어머니는 목을 매달았다. 누이는 우물에 몸을 던졌다. 나는 그 이야기를 수천 번은 읽었을 것이다. 한편으로는 믿기지 않는 이야기였다. 또 한편으로는 자연스러운 이야기였다. 아무튼 나는 그 여행자가 약간은 화를 자초했고, 장난치지 말아야 했다고 생각했다.

그렇게 수면 시간, 추억하기, 신문 기사 읽기, 그리고 빛과 어둠의 갈마듦과 함께 시간은 흘러갔다. 나는 사람이 감옥에서 시간개념을 상실하고 만다는 글을 읽은 적이 있다. 하지만 그 글은 내게 별다른 의미를 남기지 못했다. 나는 어떻게 하루하루가 동시에 길 수도 있고, 짧을 수도 있는지 이해하지 못했다. 아무래도 하루하루는 살기에는 길지만, 너무 느슨해서 서로 넘쳐흘러 뒤섞여버리고 말았다. 하루하루는 그러다가 저마다 이름을 잃어버렸다. 내게는 어제 혹은 내일이란 단어들이 유일하게 어떤 의미를 지녔다.

어느 날, 교도관이 와서 내가 들어온 지 5개월이 됐다고 말하자 나는 그 말을 믿었지만 이해하지는 못했다. 내가 보기에 끊임없이 똑같은 날들이 내 감방으로 몰려들었고, 나는 똑같은 작업을 수행하고 있었다. 그날, 교도관이 떠난 뒤 나는 양철 식기에 비친 내 얼굴을 들여다봤다. 내가 웃음을 지으려고 애써도 식기에 비친 내 초상은 계속 진지해 보였다. 나는 식기를 눈앞에 대고 흔들었다. 내가 웃어도 내 초상은 계속 심각하고 슬픈 표정을 유지했다. 하루가 저물었고 내가 말하고 싶지 않은 시간, 이름 없는 시간이 됐다. 저녁의 소리가 감옥의 모든 층을 거쳐 침묵의 행렬을 동반한 채 올라오는 시간이었다. 나는 감방의 천장에 뚫린 작은 창문으로 가까이 가서는 석양의 끄트머리 빛을 통해 한 번 더 내 초상을 응시했다. 그 것은 여전히 진지했다. 그리 놀랄 일은 아니었다. 그 순간 나 역시 진지한 표정이었으니까. 하지만 동시에 나는 여러 달 만 에 처음으로 내 목소리의 음향을 또렷이 들었다. 이미 오래전 부터 내 귀에 들린 소리와 똑같은 소리라고 파악했고, 그 모 든 순간 내가 혼잣말하고 있었다는 걸 깨달았다. 엄마의 장례 식 날, 간호사가 한 말이 기억났다. 그랬다. 빠져나갈 출구가 없었다. 아무도 감옥의 저녁이 어떤 것인지 상상할 수 없다.

3

여름에서 그다음 여름으로 정말 시간이 쏜살같이 흘렀다고 말할 수 있겠다. 더위가 시작되면서 내게 새로운 일이 생겨 나리라고 내다봤다. 내 사건은 중죄 재판소의 마지막 회기에 배당되었고, 그 회기는 6월에 끝날 예정이었다. 재판은 태양 이 밖에서 지글거리는 가운데 열렸다. 내 변호사는 기껏해야 이틀이나 사흘이면 끝날 것이라고 확신했다. 그는 덧붙였다. "게다가 재판부는 시간에 쫓길 겁니다. 당신 사건은 그 회기 중 가장 중요한 일이 아니기 때문이지요. 당신 사건이 끝나면 부친 살인 사건 재판이 열릴 겁니다."

오전 7시 반에 교도관들이 와서 나를 호송차에 싣고 재판소에 당도했다. 경찰관 두 명이 퀴퀴한 냄새가 나는 작은 방으로 나를 데려갔다. 우리 등 뒤의 문을 통해 법정에서 목소리들, 호명 소리, 의자 끄는 소리가 들렸고, 그 모든 야단법석으로 인해 나는 음악 연주회가 끝난 뒤 댄스파티를 열려고 실내를 급히 정리하는 마을 축제 풍경을 떠올리게 됐다. 경찰관들은 개정을 기다려야 한다고 말했고, 그중 한 명이 담배를 권했지만 나는 사양했다. 조금 있다가 그 경찰관은 내게 '조마조마한지' 물었다. 나는 아니라고 답했다. 그리고 어떤 의미에서는, 재판을 구경하게 돼 흥미로웠다. 나는 재판을 방청한 적이 전혀 없었다. "그렇죠." 다른 경찰관이 말했다. "하지만 결국 진이 빠지고 맙니다."

잠시 후에 작은 종소리가 법정에서 울렸다. 그러자 경찰관들은 내 손에서 수갑을 풀었다. 그들은 문을 열곤 나를 피고인이 서는 자리에 넣었다. 방청석은 꽉 찼다. 차양이 드리워졌지만, 햇빛이 사방에서 쏟아져 들어왔고, 공기가 후덥지근했다. 창문은 닫혀 있었다. 그 순간, 내 정면에 나란히 앉은 얼굴들이 눈에 들어왔다. 모두 나를 응시했다. 배심원들이 틀림없었다. 하지만 누가 누군지 구별할 수 없었다. 내가 받은 느낌은 단 하나였다. 전차에 탔더니 좌석에 앉은 승객들이 전부 새 승객이 등장할 때마다 흥밋거리를 찾아서 힐끔힐끔 염탐하는 꼴이었다. 그때 배심원들이 찾는 것은 흥밋거리가 아니라 범죄였으므로 내 생각은 멍청하기 짝이 없었다. 하지만 전차 승객들과 배심원들 사이에는 큰 차이가 없었으므로, 아무튼 그런 생각이 들었다.

나는 또한 그 문 닫힌 법정에서 숱하게 몰린 사람들로 인해 망연자실했다. 다시 법정을 바라봤지만, 도저히 방청객들의 얼굴을 구별하지 못했다. 그 많은 사람이 나를 보러 온다고는 전혀 짐작하지 못한 터였다. 일반적으로 나는 사람들의 눈길을 끄는 편이 아니었다. 내가 이 소동의 주인공이란 사실을 이해하기 위해선 따로 노력을 해야 했다. 나는 경찰관에게 말했다. "사람들이 많이 왔군요!" 그는 언론 때문이라고 답하면서 배심원석 아래 책상 부근에 자리 잡은 떼거리를 가리켰다. 그는 "자, 보세요"라고 말했다. 내가 "누군데요?"라고 묻자 그는 "신문기자들"이라고 답했다. 그때 신문기자들 가운데 한 명이 경찰관을 알아보고는 우리 쪽으로 다가왔다. 그는 나이 지긋하면서 호감이 가는 사내였고, 입가를 살짝 찡그린 표정을 지었다. 그는 경찰관과 매우 다정하게 악수했다. 그 순간 나는 그곳에 모인 사람들이 서로 알아보며 인사를 주고받고 대화한다는 걸 알아챘다. 같은 부류의 사람들끼리 만나서 기뻐하는 클럽 같았다. 그런 식으로 내가 약간 불청객처럼 잉여

인간으로 느껴지는 기묘한 위화감이 드는 것을 스스로 이해했다. 그런데 그 신문기자가 미소를 지으면서 내게 말을 걸었다. 그는 내 모든 일이 다 잘되기를 바란다고 말했다. 내가 고맙다고 하자 그가 덧붙였다. "그런데 말이죠. 우리가 당신 사건을 좀 뻥튀기했거든요. 여름철 신문은 기삿거리가 궁하거든요. 당신 이야기와 부친 살해 사건 말고는 화젯거리가 없어요." 이어서 그는 기자석의 기자들 가운데 검은 뿔테 안경을 끼고 살찐 족제비처럼 생긴 한 작은 사내를 가리켰다. 그 작자는 파리 일간지의 특파원이라고 했다. "그렇다고 당신 때문에 온 건 아니지요. 하지만 부친 살인 사건 재판을 보도하는 김에 당신 사건 기사도 송고하라는 지시를 받았어요." 그때 다시 나는 그에게 감사할 뻔했다. 하지만 멍청한 짓이라는 생각이 들었다. 그는 다정하게 손짓하더니 우리와 헤어졌다. 우리는 몇 분 동안 계속 기다렸다.

내 변호사가 법복을 입고서 많은 동료에게 둘러싸여 도착했다. 그는 기자들을 향해 가더니 악수했다. 그들은 담소를 나눴고, 여유만만해 보였다. 그때 법정에 종소리가 다시 울렸다. 모두 제자리를 찾아 앉았다. 내 변호사가 다가오더니 나랑 악수하고는 충고하기를, 주어진 질문에는 짧게 대답하면서 먼저 말문을 열지 말고, 나머지는 자기에게 맡기라고 했다.

내 왼쪽에서 누군가 의자를 뒤로 끄는 소리가 들리기에 바라보니 붉은색 옷을 입고 코안경을 걸친, 깡마르고 키가 큰 사내가 조심스레 법복을 여미면서 자리에 앉았다. 그는 검사였다. 집행관이 재판부 입장을 알렸다. 동시에 대형 선풍기두 대가 윙윙거리기 시작했다. 검은색 옷을 입은 두 명과 붉은색 옷을 입은 한 명으로 구성된 세 명의 판사가 서류 뭉치를 들고 입장하더니 법정을 굽어보는 재판부 자리에 성큼 앉았다. 붉은 법복의 남자는 정중앙 자리에 앉더니 법모를 제 앞에 놓고는 손수건으로 숱이 적은 앞머리를 닦고서는 개정을 선언했다.

신문기자들은 벌써 손에 만년필을 쥐었다. 그들은 한결같이 심드렁하면서 약간 빈정거리는 듯했다. 하지만 그중 유난히 젊으면서 푸른 넥타이에 회색 플란넬 양복을 입은 기자가 펜을 제 앞에 내려놓고서는 나를 바라봤다. 약간 좌우 균형이 맞지 않는 그의 얼굴에서는, 나를 뚫어지게 바라보면서도 뚜렷하게 뭔가를 표출하지 않는 두 눈만 보일 뿐이었다. 그러자 나는 나 자신에게 응시를 당한다는 이상야릇한 느낌에 사로잡혔다. 어쩌면 그런 이유로, 또한 법정의 관례를 잘 모르기 때문에 나는 그 이후에 일어나는 일들을 제대로 이해하지 못했다. 배심원단의 추첨, 변호인과 검사, 배심원단에게 던지는 재판장의 질문(그때마다 배심원들의 모든 머리는 동시에 재판부를 향한다), 내가 아는 지명과 인명이 담긴 공소장의 신속한 낭독, 내 변호사에게 주어지는 새 질문들.

　그런데 재판장은 증인 호명을 진행하겠다고 말했다. 집행관이 내 귀에 솔깃한 이름들을 불렀다. 조금 전까지는 불분명하게 보였던 방청객들 가운데에서 한 명씩 한 명씩 일어나더니 옆문으로 사라지는 게 보였다. 양로원 원장과 관리인, 늙은 토마 페레, 레몽, 마송, 살라마노, 마리. 마리는 내게 불안한 손짓을 어렴풋이 해 보였다. 내가 그들을 좀 더 일찍 알아보지 못한 것에 놀란 가운데 마지막으로 셀레스트가 호명되자 그가 일어섰다. 그의 옆에는 내가 레스토랑에서 본 자그마한 여자가 재킷을 입고 명확하고 단호한 모습으로 앉아 있었다. 그녀는 나를 뚫어지게 바라봤다. 그러나 재판장이 발언을 시작했으므로 나는 곰곰이 생각할 틈이 없었다. 재판장은 본격적으로 심리가 시작된다고 밝힌 뒤 방청객들에게 굳이 정숙을 권고할 필요는 없으리라고 믿는다고 말했다. 그의 말에 따르면, 그는 객관적으로 고려하고자 하는 사건의 심리를 공정하게 진행하기 위해 그 자리에 있다는 것이었다. 배심원단이 어떤 경우에라도 정의로운 정신에 따라 평결을 내릴 것이고, 조그마한 소란이라도 일으키는 방청객은 퇴정시킬 것이라고 했다.

　실내 온도가 높아지자 방청객들이 신문지로 부채질하는 게 보였다. 종이를 바스락거리는 작은 소리가 계속 일어났다. 재판장이 신호를 보내자 집행관이 짚으로 짠 부채 세 개를 가져왔고, 판사들은 즉시 부채를 사용했다.

피고인신문이 곧 시작됐다. 재판장은 평온하게, 내 귀에 다정하게 들리는 어조로 물어봤다. 신분을 또 밝히라고 해서 짜증스러웠지만, 사실 내가 생각해도 그것은 자연스러운 절차였다. 엉뚱한 사람을 재판했다가는 매우 중대한 사달이 나기 때문이었다. 이어서 재판장은 내가 한 행동에 관한 서술을 다시 언급했고, 세 마디마다 내게 물었다. "맞습니까?" 매번 나는 변호사가 지시한 대로 대답했다. "네, 재판장님." 재판장이 매우 꼼꼼하게 언급했으므로 그 절차는 오래 걸렸다. 그러는 내내 기자들은 적었다. 나는 그중 가장 젊은 기자와 자그마한 자동인형 여인의 시선을 느꼈다. 전차의 긴 좌석처럼 생긴 배심원석은 재판장을 향해 있었다. 재판장은 기침하면서 서류를 뒤적였고, 부채질하면서 내 쪽을 돌아봤다.

재판장은 내 사건과 겉보기에는 무관해 보이지만, 어쩌면 매우 밀접한 문제들을 다룰 때가 됐다고 말했다. 나는 그가 또 엄마를 언급할 것임을 알아챘고, 동시에 그것이 매우 성가신 일이라고 느꼈다. 그는 왜 내가 엄마를 양로원에 맡겼는지 물었다. 나는 엄마를 부양하고 돌보기에는 돈이 부족했기 때문이라고 대답했다. 그는 그 일이 내게 개인적으로 힘들었는지 물었고, 나는 엄마도 나도 서로 더는 바라는 바가 없었고,

우리 둘 다 떨어져 사는 새로운 생활에 익숙해졌다고 대답했다. 재판장은 그러자 이 문제를 더 다루고 싶지 않다면서 검사에게 다른 질문을 제기할 것인지 물어봤다.

검사는 반쯤 내게 등을 돌리고 있더니 나를 쳐다보지도 않은 채 재판장이 허락한다면, 내가 아랍인을 살해할 의도로 혼자서 샘으로 되돌아갔는지 알고 싶다고 말했다. "아니요"라고 나는 말했다. "그러면 피고인은 왜 무기를 들고서 왜 다름 아닌 그 장소로 돌아갔나요?" 나는 그것이 우연이었다고 말했다. 그러자 검사가 야멸차게 대응했다. "지금으로서는 여기까지 하겠습니다." 그 이후 모든 것이 적어도 나로서는 다소 혼란스러웠다. 하지만 재판장은 배석판사들과 잠시 귓엣말을 나눈 뒤 휴정을 선언하면서 증인신문을 오후로 미뤘다.

나는 곰곰이 생각할 여유가 없었다. 나는 끌려 나와 호송차에 태워져 교도소에 가서 점심을 먹었다. 아주 짧은 시간이 지난 뒤, 꽤 피곤을 느낄 때 나는 다시 호출됐다. 모든 일이 다시 시작됐고 나는 똑같은 법정에서 똑같은 얼굴들 앞에 놓였다. 단지 더위가 더 기승을 부렸고, 마치 기적이라도 일어난 듯이 배심원 각자, 검사, 내 변호사, 신문기자들 역시 밀짚 부채를 들고 있었다. 그 젊은 기자와 자그마한 여인은 여전히 그 자리에 있었다. 하지만 그들은 부채질하지 않았고, 여전히 아무 말 없이 나를 바라봤다.

나는 얼굴에 흐르는 땀을 닦았다. 양로원장이 호명되는 소리를 들으면서 단지 그 공간과 자신에 대한 의식을 되찾을 뿐이었다. 엄마가 나에 대해 불평한 적이 있는지 재판장이 묻자 원장은 그렇다고 하면서, 그러나 양로원 입소자들은 저마다 친지에 대해 약간 불평하는 괴벽을 지니기 마련이라고 덧붙였다. 내가 엄마를 양로원에 맡긴 것에 대해 엄마가 원망했는지 분명히 밝히라고 재판장이 주문하자 원장은 다시 그렇다고 답했다. 하지만 이번에 그는 아무 말도 보태지 않았다. 다른 질문을 받자 그는 엄마 장례식 날 내가 너무 태연자약해서 놀랐다고 말했다. 태연자약했다니, 무슨 뜻이냐고 재판장이 묻자 그는 구두코를 쳐다보더니 내가 엄마를 보고 싶어 하지 않았고, 단 한 번도 울지 않았고, 엄마의 무덤 앞에서 묵념도 하지 않은 채 떠났다고 말했다. 그를 놀라게 한 일은 또 있었다. 장의 업체 직원은 내가 엄마 나이도 몰랐다고 말했단다. 잠시 침묵의 순간이 왔고, 재판장은 나에 대해 말한 것이 맞느냐고 그에게 물었다. 원장이 그 질문을 이해하지 못하자 재판장은 "법이 요구하는 질문입니다"라고 말했다. 이어서 재판장이 검사를 향해 증인에게 더 던질 질문이 있느냐고 묻자 검사는 "아, 없습니다. 충분합니다"라고 외쳤다. 나를 향한 그 의기양양한 탄성과 시선을 느끼자, 나는 법정의 사람들이 모두 나를 혐오한다는 느낌이 들었으므로 여러 해 만에 처음으로 멍청하게도 울고 싶은 심정이었다.

배심원단과 내 변호사에게 질문이 있는지 물어본 뒤 재판장은 양로원 관리인의 증언을 들었다. 다른 모든 사람과 마찬가지로 그에게도 똑같은 절차가 되풀이됐다. 나오자마자 관리인은 나를 쳐다봤다가 눈길을 돌렸다. 그는 질문에 대답했다. 내가 엄마를 보고 싶어 하지 않았고, 담배를 피웠고, 잠을 잤고, 카페오레를 마셨다고 말했다. 그래서 나는 법정을 술렁이게 하는 무엇인가를 느꼈고, 처음으로 내가 죄인임을 깨달았다. 재판장은 관리인에게 담배와 카페오레 이야기를 되풀이하게 했다. 검사는 빈정거리는 눈빛으로 나를 바라봤다. 그때 내 변호사가 관리인에게 나와 함께 담배를 피우지 않았느냐고 물었다. 그러나 검사는 그 질문에 맞서 벌떡 일어섰다. "도대체 지금 누가 범죄자이고, 검찰 측 증인을 욕되게 해서 증언을 무력화하려는 술책은 또 무엇입니까. 그런다고 해서 증언의 효력이 약해지지는 않습니다!" 그렇지만 재판장은 관리인에게 질문에 대답하라고 주문했다. 늙은 관리인은 당황한 기색으로 말했다. "내가 잘못한 줄은 잘 압니다. 하지만 나는 저 신사분이 건넨 담배를 차마 거절할 수 없었습니다." 그말이 끝나자 재판장이 내게 더 할 말이 있느냐고 물었다. "아무것도 없습니다"라고 나는 대답했다. "내가 저 사람에게 담배를 권한 게 맞습니다." 관리인은 약간 놀라면서, 왠지 고마워하면서 나를 바라봤다. 그는 주저하더니 내게 카페오레를 권한 사람은 자기라고 말했다. 내 변호사는 배심원들이 참작할 것이라고 기세등등하게 외쳤다. 그러나 검사가 쩌렁쩌렁한 목소리를 우리 머리 위로 날리면서 말했다. "그래요. 배심원 여러분들이 참작할 겁니다. 낯선 사람이 커피를 권할 수는 있지만, 아들은 저를 낳아준 사람의 시신 앞에서 커피를 사양해야 한다는 결론을 내려주실 겁니다." 관리인은 제자리로 돌아갔다.

토마 페레의 차례가 되자 집행관이 그를 증언대까지 부축했다. 그는 내 엄마를 잘 알고 지냈고, 나를 장례식 날 딱 한 번 봤을 뿐이라고 말했다. 그날 내 행동에 관한 질문을 받자 그가 답했다. "정말로, 저는 너무 고통스러웠습니다. 그래서 아무것도 못 봤어요. 고통스러워서 앞이 보이지 않았어요. 제겐 너무 무거운 고통이었어요. 더구나 저는 정신을 잃었어요. 그래서 저 신사분을 볼 수 없었습니다." 검사는 그에게 적어도 내가 우는 걸 보았느냐고 물었다. 페레는 아니라고 답했다. 그러자 그 말을 받아 검사가 말했다. "배심원 여러분께서 이 점을 참작하실 겁니다." 그러나 내 변호사가 벌컥 화를 냈다. 그는 내 귀에도 과장되게 들리는 목소리로 페레에게 물었다. "내가 울지 않는 걸 증인이 봤습니까"라고. 페레는 말했다. "아니요." 방청객들이 웃었다. 그러자 내 변호사는 양 소매 중 하나를 걸으면서 단호한 음성으로 말했다. "이것이 이 재판의 민낯입니다. 모든 게 사실이고, 아무것도 사실이 아닙니다." 검사는 속내를 알 수 없는 표정으로 연필을 쥐고서 서류 항목들을 쿡쿡 찔러댔다.

오 분의 휴정 동안 변호사가 모든 게 잘 풀린다고 내게 말하고 나서 셀레스트가 피고인 측 증인으로 호명됐다. 피고인은 나였다. 셀레스트는 이따금 내 쪽을 힐끔거리면서 손으로 밀짚모자를 만지작거리며 돌렸다. 그는 가끔 일요일이면 나랑 경마장에 갈 때 입던 새 양복을 입고 나왔다. 그러나 칼라를 달 수 없었는지 셔츠의 목 부분을 구리 단추 하나로 잠갔다. 내가 그의 식당 고객이냐고 묻자 그는 말했다. "네, 하지만 친구이기도 합니다." 나를 어떻게 생각하느냐는 질문에 대해 그는 내가 사나이라고 답했고, 그게 무슨 뜻이냐고 묻자 세상 사람들이 그 뜻을 잘 안다고 단언했고, 나의 내성적인 성격을 간파했느냐는 질문에 대해 내가 허튼소리를 하지 않으려고 말하지 않았을 뿐이라고 답했다. 검사는 내가 밥값을 꼬박꼬박 냈냐고 물었다. 셀레스트가 웃더니 외쳤다. "그건 우리 사이의 시시콜콜한 일입니다." 내가 저지른 범죄에 대해 어떻게 생각하느냐고 묻자 그는 증언대에 손을 올려놓았는데, 뭔가 준비해둔 말이 있어 보였다. 그가 말했다. "제가 보기에 그건 불행입니다. 불행이란, 누구나 그게 뭔지 알지요. 어쩔 도리가 없습니다. 아무렴! 제가 보기에 그건 불행입니다." 그가 계속 말하려고 했지만, 재판장이 그만 됐다면서 고맙다고 말했다. 그러자 그는 약간 망연자실했다. 그는 더 증언하고 싶다고 단언했다. 재판장이 간단하게 말하라고 주문했다. 셀레스트는 또다시 그것은 불행이었다고 되풀이했다. 그러자 재판장이 말했다. "네, 물론이죠. 우리는 그 불행을 재판하기 위해 여기에 있습니다. 감사합니다." 마치 제 지식과 선의의 한계에 봉착한 듯이 셀레스트가 나를 돌아봤다. 그의 눈이 반짝이고 입술이 떨리는 듯했다. 또 나를 위해 무엇을 더 해줄 수 있는지 물어보는 듯한 표정이었다. 나는 아무 말도 하지 않았고, 아무런 몸짓도 하지 않았지만, 태어나서 처음으로 남자를 껴안고 싶은 마음이 들었다. 재판장이 그에게 증언대에서 물러나라고 다시 명령했다. 그는 방청석에 가서 앉았다. 몸을 약간 수그린 채 두 무릎에 팔꿈치를 대고서, 밀짚모자를 양손에 쥔 채 모든 말소리에 귀를 기울였다. 마리가 증인석에 들어섰다. 그녀는 모자를 썼고 여전히 아름다웠다. 하지만 나는 머리칼을 풀어 헤친 그녀를 더 사랑했다. 내 자리에서도 나는 그녀의 젖가슴의 가벼운 무게를 가늠했고, 늘 약간은 부풀어 있는 입술도 감지했다. 그녀는 초조해 보였다. 곧바로 그녀는 나를 언제부터 알고 지냈느냐는 질문을 받았다. 그녀는 우리 회사에서 함께 근무한 시절을 지적했다.

재판장은 그녀와 나 사이의 관계가 어떤 것인지 알고자 했다. 그녀는 자기가 내 여자친구라고 말했다. 다른 질문을 받자 그녀는 우리가 실제로 결혼할 사이였다고 답했다. 검사는 서류를 뒤적이더니 느닷없이 우리의 관계가 시작된 날짜를 밝히라고 주문했다. 그녀는 날짜를 지목했다. 검사는 그날은 내 엄마가 죽은 다음 날인 듯하다고 무덤덤한 표정으로 지적했다. 이어서 그는 빈정거리면서 미묘한 상황을 더 들추고 싶지 않고, 마리의 고충을 잘 이해하지만(이 대목에서 그의 억양이 더 가혹해졌다), 예법에 어긋나더라도 자신의 의무 때문에 그녀에게 질문해야 한다고 말했다. 따라서 그는 마리에게 나랑 사귀게 된 그날 하루 동안의 일을 요약하라고 주문했다. 마리는 말하고 싶지 않아 했지만, 검사가 계속 다그치니까 우리의 해수욕, 우리의 영화관행, 우리가 내 방에 돌아온 일을 이야기했다. 검사는 마리가 예심판사에게 진술한 내용을 토대로 그날 상영한 영화를 알아봤다고 말했다. 그는 마리더러 그때 무슨 영화가 상영됐는지 직접 말해달라고 덧붙였다. 결국 그녀는 거의 생기 없는 음성으로 페르낭델의 희극영화였다고 말했다. 그녀가 말을 마치자 법정은 침묵으로 가득 찼다. 그러자 검사가 무척 엄숙한 표정으로 일어나더니 내가 들어도 감동적인 음성으로, 나를 손가락으로 가리키면서 천천히 조목조목 말했다. "배심원 여러분, 어머니가 돌아가신 다음 날, 이 남자는 해수욕을 즐겼고, 부적절한 관계를 시작했고, 희극영화를 보면서 낄낄대려고 영화관에 갔습니다. 저는 여러분께 더는 드릴 말씀이 없습니다." 그는 자리에 앉았고, 여전히 침묵이 흘렀다. 하지만 별안간 마리가 오열을 터뜨리면서 그건 그렇지 않다고, 다른 일도 있었다고, 자신이 뜻한 바와 다르게 말하도록 유도됐다고, 내가 나쁜 짓을 저지르지 않았음을 잘 안다고 말했다. 그러나 재판장이 신호를 보내자 집행관이 그녀를 데려갔고, 공판은 속개됐다.

이어서 마송이 증언했는데, 귀담아듣는 사람이 드물었다. 그는 내가 정직한 사람이고, "그리고 더군다나 용감한 사람"이라고 단언했다. 살라마노가 증언할 때도 귀담아듣는 사람이 드물었다. 그는 내가 자기 개에게 친절했고, 엄마와 나에 관한 질문을 받자 내가 엄마랑 더는 할 말이 없었고, 그래서 내가 엄마를 양로원에 맡겼다고 증언했다. 살라마노는 "이해해주셔야 합니다. 이해해주셔야 합니다"라고 말했다. 하지만 아무도 이해하는 기색이 아니었다. 그도 이끌려서 물러났다.

이어서 마지막 증인인 레몽 차례가 됐다. 레몽은 내게 살며시 신호를 보낸 뒤 곧바로 내가 결백하다고 말했다. 그러나 재판장이 그에게 요구하는 것은 판정이 아니라 사실이라고 단언했다. 재판장은 그더러 기다렸다가 질문에 대답하라고 권고했다. 그는 피해자와의 관계를 밝히라는 주문을 받았다.

레몽은 그 기회를 이용해 피해자 누이의 뺨을 때린 뒤부터 피해자의 원한을 산 사람은 다름 아닌 자기라고 말했다. 그러나 재판장은 피해자가 나를 증오할 이유는 없었는지 물었다. 레몽은 내가 바닷가에 같이 있었던 것은 우연한 일이었다고 말했다. 검사는 그렇다면 참극의 발단이 된 그 편지를 어떻게 해서 내가 쓰게 됐느냐고 물었다. 레몽은 그것도 우연이라고 답했다. 검사는 이 사건에서 우연이 이미 양심에 많은 폐해를 끼쳤다고 반박했다. 그는 레몽이 정부의 뺨을 때렸을 때 우연히 내가 개입했는지, 경찰서에서 우연히 내가 증언했는지, 내 증언이 우연히 온통 레몽을 옹호했는지 알고 싶어 했다. 말을 마치면서 그는 레몽에게 생계 수단이 무엇이냐고 물었다. "창고 관리인"이라고 레몽이 대답하자 검사는 배심원들에게 그가 포주 노릇을 한다는 사실은 널리 알려져 있다고 잘라 말했다. 나는 그의 공범이자 친구였다. 내 사건은 가장 저급한 유형의 저속한 참극이고, 나라고 하는 도덕적 괴물이 관여한 일이기 때문에 더 심각하다는 것이었다. 레몽이 반박하고자 했고, 내 변호사가 이의를 제기했다. 재판장은 그들에게 검사의 말을 막지 말라고 지시했다. 검사가 말했다. "저는 보탤 말이 별로 없습니다. 저 사람은 당신의 친구입니까?"라고 레몽에게 물었다. "네, 그는 제 절친입니다"라고 레몽이 답했다. 그러자 검사는 내게 똑같은 질문을 던졌고, 내가 레몽을 바라보자 그는 눈길을 돌리지 않았다. "네"라고 나는 대답했다. 그러자 검사는 배심원들을 돌아보면서 선언했다. "모친 별세 다음 날 가장 부끄러워해야 할 방탕 행위에 탐닉한 사람이 하찮은 이유로 인해, 차마 입에 담을 수도 없는 치정 문제를 해결하려고 살인을 저질렀습니다."

그러고 나서 그는 앉았다. 더는 참지 못한 내 변호사가 두 팔을 어찌나 높이 휘저었는지 법복의 소매가 흘러내리면서 풀 먹인 셔츠의 주름을 훤히 드러낸 가운데 소리 질렀다. "도대체 피고인은 어머니 장례를 치렀기 때문에 기소된 겁니까, 아니면 사람을 죽였기 때문에 기소된 것입니까?" 방청객들이 웃었다. 검사는 법복의 위엄을 과시하면서 다시 일어나 선언했다. 존경하는 내 변호사처럼 순진하지 않고서야 그 두 가지 일 사이의 심오하고, 비장하고, 본질적인 관련성을 감지하지 못할 수는 없다고 말했다. "그렇습니다." 그는 힘주어 외쳤다. "본인은 저 사람이 범죄자의 심정으로 어머니를 땅에 묻었기 때문에 기소합니다." 그 선언은 방청객들 사이에 뚜렷한 파장을 일으킨 듯했다. 내 변호사는 어깨를 으쓱하더니 이마에 흐르는 땀을 닦았다. 하지만 마리, 그녀는 경악한 표정이었고, 나는 사태가 불리하게 돌아간다는 것을 깨달았다.

그날의 심리가 종료됐다. 호송차에 오르기 위해 법원을 나오면서 나는 아주 잠깐 여름 저녁의 향기와 색채를 기억해냈다. 어두운 호송차 안에서 나는 마치 피곤의 밑바닥에서 캐내듯이 내가 사랑한 도시와 한때 만족감을 안겨준 어떤 시절의 친숙한 소음들을 하나씩 하나씩 재발견했다. 벌써 헐거워진 대기 속에 퍼지는 신문팔이들의 외침, 광장을 마지막으로 떠나는 새들, 샌드위치 장사의 호객 소리, 도시의 언덕길을 휘돌아 가는 전차의 신음, 밤이 항구 위에 쏟아지기 전에 들리는 하늘의 웅성거림, 그 모든 것이 죄수가 되기 전에 내가 잘 알던, 눈에 보이지 않는 행로를 다시 안겨줬다. 그렇다. 그것은 아주 오래전 내가 기뻐한 시절이었고, 그때 나를 맞이한 것은 옅고 꿈 없는 잠이었다. 그런데 이제 뭔가 변했다. 다음 날을 기다리는 가운데 내가 되찾는 것은 다름 아닌 내 감방이니까 말이다. 마치 여름 하늘에 그어진 친숙한 길들이 순진무구한 잠까지 이어질 수도 있고, 감옥까지 이어질 수도 있다는 듯이.

4

피고인석에 앉아 있더라도 사람들이 자기에 대해 하는 말을 듣는 일은 항상 재미있다. 검사의 논고와 변호사의 변론을 들어보니 내 깜냥으로는 사람들이 나에 대해 많이 발언했고 아마 내 죄보다 나에 대해 더 많이 발언했다고 말할 수 있었다. 게다가 그 논고와 변론이 크게 달랐었나? 변호사는 팔을 들어 올리면서 유죄를 인정했지만, 감경 사유를 달았다. 검사는 손을 내지르면서 죄질을 비난했지만, 정상참작은 없었다. 그러나 한 가지 막연하게 언짢은 일이 있었다. 나는 꺼림칙했지만, 때때로 그들의 말허리를 끊고 개입하려고 했다. 그러자 변호사가 말했다. "입을 다무세요. 그래야 당신에게 유리합니다." 왠지 나를 빼놓고서 내 사건을 다루려는 분위기였다. 모든 일이 나의 개입 없이 굴러갔다. 아무도 내 의견은 들어보지도 않은 채 내 운명이 결정됐다. 때때로 나는 모든 사람의 말을 가로막고 말하고 싶은 마음이 굴뚝같았다. '하지만 도대체 누가 피고인입니까? 피고인이 법정에 있다는 것은 중요합니다. 나도 할 말이 있어요!' 하지만 곰곰이 생각해보니 나는 할 말이 전혀 없었다. 게다가 사람들의 이목을 끎으로써 얻는 재미란 그리 오래가지 않기 마련이다. 이를테면 검사의 논고는 금방 나를 지겹게 했다. 전체 논고에서 벗어난 단편적 이야기와 몸짓, 끝없는 장광설이 내 주의를 끌거나 흥미를 유발할 따름이었다.

검사가 내세우는 생각의 핵심은, 내가 제대로 이해했다면, 내가 범행을 사전에 준비했다는 것이다. 적어도 그는 그것을 입증하려고 애썼다. 그는 이렇게 말했다. "배심원 여러분, 저는 그것을 논증하겠습니다. 이중의 방법으로 논증하겠습니다. 우선 눈이 부실 정도로 명백한 사실을 통해서 논증하고 나서 저 범죄자의 영혼을 들여다본 심리 분석의 어두운 조명을 통해서 밝혀내겠습니다." 그는 엄마의 죽음에서부터 시작해서 이런저런 사실들을 이렇게 요약했다. 장례식 날 나는 태연자약했고, 어머니 나이를 몰랐고, 그다음 날 여자와 함께 해수욕을 했고, 영화를, 그것도 페르낭델의 희극영화를 봤고, 마침내 마리를 데리고 집으로 돌아왔다는 것이다. 그 순간, 나는 검사의 논증을 이해하는 데 좀 시간이 걸렸다. 왜냐하면 그가 '피고인의 정부'라고 표현했는데, 내게는 그녀가 그냥 마리였기 때문이다. 이어서 그는 레몽 이야기로 넘어갔다. 내 깜냥으로는, 사건을 보는 그의 방식에 명료함이 없지 않았다. 그의 다음과 같은 이야기는 그럴싸했다. 나는 레몽과 의기투합해 그의 정부를 유인한 뒤 '도덕성이 의심스러운 어느 사내'의 손에 학대를 당하게 하려고 편지를 썼다. 나는 바닷가에서 레몽의 적수들을 집적거렸다. 레몽이 상처를 입었다. 나는 그에게 권총을 달라고 했다. 나는 권총을 써먹으려고 혼자서 되돌아갔다. 나는 계획한 대로 아랍인을 쏘아 쓰러뜨렸다. 나는 기다렸다. 그러고 나서 '임무를 확실히 끝내기 위해' 침착하게, 오차 없이, 심사숙고하면서 네 발을 더 쐈다.

"자, 보십시오, 배심원 여러분." 검사가 말했다. "저 사람이 명백하게 의도를 갖고서 살인을 저지르게 된 사건의 가닥을 저는 여러분께 재구성해드렸습니다. 이번 사건은 평범한 살인, 즉 여러분이 정상참작이 가능하다고 여길 수 있는 우발적 행동으로 일어난 살인이 아닙니다. 저 사람은 똑똑합니다. 여러분은 그가 하는 말을 들으셨지 않습니까? 그는 답변할 줄 압니다. 그는 말뜻을 잘 압니다. 그가 자기 행동을 인지하지 못하면서 범행을 저질렀다고 말할 수는 없습니다."

나는 귀를 기울였고, 내가 똑똑하다는 소릴 듣는다는 걸 깨달았다. 하지만 한 명의 보통 사람이 지닌 자질이 어떻게 그토록 엄청난 기소 사유로 돌변할 수 있는지 이해하지 못했다. 적어도 그것이 나를 놀라게 했고, 더는 검사의 말을 듣지 않고 있다가 마침내 그가 이렇게 말하는 순간에 이르렀다. "그가 후회를 표명한 적이라도 있나요? 결코 없습니다, 여러분. 예심 기간 중 그는 단 한 번도 자기가 저지른 끔찍한 범죄를 후회한 적이 없습니다." 그 순간, 그는 나를 향해 몸을 돌리고서는 손가락으로 가리키면서 계속 비난했는데, 사실은 왜 그러는지는 나도 잘 이해하지 못했다. 물론 나는 그가 옳다는 것을 인정하지 않을 수 없었다. 나는 내 행동을 그리 크게 후회하지 않았다. 그러나 그처럼 엄청난 검사의 증오심에 놀랐다. 나는 다정하게, 거의 애정을 쏟아 그에게 애써 해명하고 싶었다. 나는 정말로 뭐 하나라도 지난 일은 후회할 수 없었다고. 나는 언제나 오늘 아니면 내일 일어날 일에 사로잡혀 살았다. 그러나 그때 당연히, 내가 처한 법정의 상황에서 그런 말본새로는 아무에게도 말할 수 없었다. 내가 다정다감하고 착한 마음씨를 지닌 사람이란 걸 보여줄 권리도 없었다. 이어서 검사가 내 영혼에 대해서 말하기 시작했으므로 나는 다시 귀를 기울이려고 애썼다.

그는 내 영혼을 샅샅이 뒤져봤지만 아무것도 못 찾았습니다, 배심원 여러분, 이라고 말했다. 그의 말인즉 내게는 한 점의 영혼도 없고, 인간적 심성은커녕 인간의 마음을 지켜주는 일말의 도덕 원칙도 찾을 수 없다는 얘기였다. "아무래도." 그가 덧붙였다. "우리가 그를 책망할 수 없을지도 모릅니다. 그가 획득할 능력이 없는 것이 그에게 결핍됐다고 해서 우리가 그를 비난할 수는 없습니다. 그러나 이 법정에 있어서는, 관용이라는 소극적 미덕은 그보다 더 힘들고, 더 고귀한 정의의 미덕으로 탈바꿈해야 합니다. 특히 이런 사람에게서 나타나는 영혼 결핍이 우리 사회를 집어삼킬 수렁이 될 수 있는 때라서 그렇습니다." 그러고 나서 그는 엄마를 향한 내 태도를 거론했다. 그는 심리 내내 한 말을 되풀이했다. 그러나 그는 내 범죄에 대해서 말할 때보다 더 훨씬 오래 말했다. 너무 길어서 마침내 나는 그날 오전의 더위를 더는 느끼지 못했다. 바로 그때 검사가 말을 멈춘 뒤 잠시 침묵하고 나서 매우 낮으면서도 무척 날카로운 목소리로 발언을 이어갔다. "바로 이 법정에서 내일, 여러분, 가장 흉악한 범죄가 재판을 받을 겁니다. 다름 아닌 부친 살해 범죄입니다." 그의 말에 따르면, 그 잔혹한 범죄 앞에서는 상상력조차 뒷걸음친다는 것이었다. 그는 인간의 정의가 주저 없이 징벌하기를 감히 희망한다고 했다. 그러나 그는 그 부친 살해 범죄가 안겨준 공포가 나의 공감 능력 부족 앞에서 느낀 공포에 비하면 조족지혈이라고 말하기를 서슴지 않았다. 여전히 그의 말에 따르면, 제 모친을 마음속으로 살해한 사람은 자기를 세상에 나오게 한 당사자를 제 손으로 죽인 사람과 똑같은 방식으로 사회를 등진다는 것이었다. 아무튼 전자는 후자의 행위를 준비하고, 말하자면 예고하고, 정당화한다는 것이었다. 그는 목청을 높여서 덧붙였다. "여러분, 저는 확신합니다. 만약 제가 저 피고인석에 앉은 사람이 내일 재판을 받을 사람과 마찬가지로 유죄라고 말한다고 해도 제 생각이 너무 심하다고 여기지 않을 겁니다. 그는 결국 당연히 처벌되어야 합니다." 이 대목에서 검사는 땀으로 번들거리는 얼굴을 닦았다. 그는 마침내 자신의 의무가 고통스럽지만 단호하게 그것을 수행할 것이라고 말했다. 사회의 가장 기초적인 규칙조차 무시하는 내가 이 사회와 아무런 관련이 없고, 내가 인간 영혼의 기본적인 반응조차 거부하는 한 이 인간 영혼에 호소할 길이 없다고 그는 단언했다. "저는 저 사람의 목을 여러분께 요구합니다." 그가 말했다. "그리고 저는 여러분께 홀가분한 심정으로 요구합니다. 저는 오랜 경력을 쌓으면서 어쩔 수 없이 사형을 요구한 적이 여러 차례 있었지만, 제 고통스러운 의무가 오늘처럼 보상받고, 적절하고, 빛난다고 느낀 적이 한 번도 없습니다. 지엄하고 신성한 명령을 따른다고 의식하기 때문에, 그리고 제 눈에 오로지 괴물 형상으로만 보이는 저 사람의 얼굴 앞에서 느끼는 혐오감 때문입니다."

검사가 자리에 앉자 한동안 오랜 침묵이 흘렀다. 나는 더위와 충격에 사로잡혀 어지러웠다. 재판장이 약간 기침을 하더니 매우 낮은 음성으로 내게 더 할 말이 있는지 물었다. 나는 일어나서 말하고 싶었던 대로, 다소 혼란스러운 가운데 아랍인을 살해할 의도는 없었다고 진술했다. 재판장이 그것은 하나의 주장이라면서 지금까지 자신이 피고인의 방어권을 훼손한 적이 없으므로 변호사의 변론을 듣기 전에 내가 범행 동기를 스스로 정확히 밝히기를 바란다고 말했다. 나는 황급히, 약간 말을 버벅거리면서, 그리고 얼마나 우스꽝스럽게 들릴 줄 잘 알면서 그것은 태양 때문이었다고 말했다. 법정 안에서 웃음이 터져 나왔다. 내 변호사가 어깨를 으쓱 올렸고, 곧이어 발언권을 얻었다. 그러나 그는 변론하기에는 늦었다면서 준비하려면 몇 시간이 걸리니 변론을 오후로 미뤄달라고 요청했다. 재판부가 동의했다.

오후가 되자 대형 선풍기가 법정의 무거운 공기를 계속 뒤섞었고, 배심원들의 여러 색깔 부채가 일제히 한 방향으로 움직였다. 내 변호사의 변론은 쉽게 끝나지 않을 듯했다. 그러나 어느 순간, 나는 귀를 기울였다. 그가 "내가 살인을 저지른 것은 사실"이라고 말했기 때문이다. 이어서 그는 나에 대해 언급할 때마다 '나'라고 자칭하면서 계속 말했다. 나는 무척 놀랐다. 옆에 있는 경찰관에게 몸을 숙이면서 왜 저러느냐고 물었다. 그는 내게 잠자코 있으라고 하더니 잠시 후 덧붙였다. "변호사들은 다 저래요." 그것이 또 나를 내 사건으로부터 분리하고, 나를 허깨비로 취급하고, 어떤 의미에서는 나를 대신한다는 생각이 들었다. 그러나 나는 이미 법정에서 멀리 떨어져 있는 듯했다. 더구나 변호사는 내게도 우스꽝스러워 보였다. 그는 검사의 도발에 대해 신속하게 항의했고, 이어서 그 역시 내 영혼에 대해 말했다. 그러나 그는 검사에 비하면 실력이 훨씬 부족해 보였다. "저 역시." 그가 말했다. "그의 영혼을 살펴봤더니, 존경해마지않는 검사님과는 달리 뭔가 찾아냈고, 진심으로 제가 펼쳐진 책을 읽듯 막힘없이 샅샅이 읽었다고 말씀드릴 수 있겠습니다." 그는 내가 정직한 사람이고, 성실하고 근면하고, 직장에 충실한 근로자이고, 모든 사람의 사랑을 받았고, 타인의 불행에 가슴 아파했다는 사실을 내 영혼 속에서 읽었다고 말했다. 그가 보기에, 나는 가능한 한 오래 어머니를 봉양한 모범적인 아들이었다. 결국 나는 스스로 부담하기 벅찬 안락을 양로원이 대신해서 늙은 어머니에게 제공하기를 바란 셈이었다. "배심원 여러분." 그가 덧붙였다. "저는 그 양로원을 놓고 그토록 난리를 떠는 것에 놀랐습니다. 그렇다면 결국, 그런 시설의 유용성과 탁월함을 입증해야 한다면, 보조금 지급은 국가가 하고 있음을 지적하지 않을 수 없습니다." 다만 그는 장례식을 거론하지 않았고, 그로 인해 변론이 부족하다는 느낌이 들었다. 그러나 그 모든 장광설과 더불어 내 영혼이 입방아에 시달린 끝 모를 듯한 시간과 나날로 인해 모든 것이 무채색의 물이 됐고, 그 속에서 나는 어지럼증에 시달렸다.

결국 내가 기억하는 건 오직 변호사가 계속 말하는 동안 거리의 아이스크림 장수가 부는 트럼펫 소리가 그 재판소의 모든 방을 투과해서 내 귀에까지 울려댔다는 것이다. 더는 내 소유가 아닌 삶의 추억들이 나를 둘러쌌다. 그 삶 속에 가장 보잘것없되 가장 뿌리 깊은 기쁨들이 들어 있었다. 여름의 향내, 내가 사랑한 동네, 어떤 저녁 하늘, 마리의 웃음과 원피스. 그러자 내가 그 법정에서 저지른 모든 헛된 짓이 목구멍까지 치밀어 올라와 숨이 막혔다. 나는 심리를 빨리 끝내고 감방에 가서 잠들고 싶어 안달이 날 따름이었다. 내 변호사가 변론을 마치느라 내뱉는 절규가 겨우 귀에 들렸다. 순간적인 광기로 인해 제정신을 잃은 성실한 근로자를 배심원들이 죽음으로 몰아넣으려고 하지는 않을 것이라면서, 내가 영원한 가책이라는 가장 확실한 형벌을 치를 범죄에 대해 정상참작을 해달라고 요청했다. 재판부가 휴정을 선언했고, 변호사는 기진맥진한 표정으로 자리에 앉았다. 그러나 그의 동료들이 다가와서는 악수했다. "잘했어, 이 친구야"라는 말이 들렸다. 그중 하나가 내게 동의를 구했다. "안 그래요?" 나는 동의했지만, 내 찬사는 진지하지 못했다. 나 역시 피곤했기 때문에.

그러는 사이에 바깥에서 날이 어느덧 저물었고, 더위가 한풀 꺾였다. 귀에 들리는 거리의 소음들에서 나는 여름의 감미로움을 설핏 느꼈다. 우리 모두 그곳에서 기다렸다. 그리고 우리가 함께 기다리는 일은 오로지 나하고만 관련됐다. 나는 다시 실내를 둘러봤다. 모든 것이 첫날과 다름없었다. 회색 상의를 걸친 신문기자와 자동인형 여인이 나랑 눈을 마주쳤다. 그러고 보니 내가 재판 내내 한 번도 마리를 눈으로 찾지 않았다는 생각이 들었다. 그녀를 잊지는 않았지만, 할 일이 너무 많았다. 셀레스트와 레몽 사이에 있는 그녀를 발견했다. 그녀는 살며시 신호를 보냈다. 마치 '마침내'라고 말하듯이. 웃음 짓고 있지만 약간 불안해하는 그녀의 얼굴을 봤다. 그러나 가슴이 옥죄는 듯한 느낌 때문에 나는 그녀의 미소에 대꾸조차 할 수 없었다.

　재판부가 재입장했다. 아주 빨리, 배심원들에게 질문들이 쏟아졌다. 내 귀에 "살인죄", "사전 모의", "정상참작"이 들어왔다. 배심원들이 퇴정하자 나는 전에 대기했던 작은 방으로 옮겨졌다. 변호사가 나를 만나러 왔다. 그는 무척 수다스러웠고, 그전보다 더 자신만만하고 살갑게 말했다. 모든 게 잘 풀릴 것이고 몇 년의 징역형이나 강제 노역형이라고 그는 내다봤다. 나는 만약 불리한 판결이 내려지면, 뒤집을 가능성이 있느냐고 물었다. 그는 아니라고 했다. 배심원단의 심기를 거스르지 않기 위해 의견서를 제출하지 않는다는 것이 자신의 전략이었다. 아무런 사유 없이 그냥 판결을 번복하지 않는 법이라고 설명했다. 명백해 보였기에 그의 사리 판단에 승복했다. 냉정하게 사태를 성찰해보니 지극히 당연했다. 그렇게 하지 않으면 쓸데없는 서류 작업이 방대하리라. "아무튼." 내 변호사가 말했다. "항소할 수는 있어요. 하지만 오늘 유리한 결과가 나오리라고 확신합니다."

　우리는 오랫동안 기다렸다. 거의 사십오 분가량 된 듯했다. 그만큼 시간이 지나자 종이 다시 울렸다. 내 변호사는 "배심원단 대표가 평결을 낭독할 겁니다. 재판장이 판결을 내릴 때가 돼야 당신을 들여보낼 겁니다" 하고 말했다. 문이 요란스레 닫혔다. 사람들이 계단을 뛰어갔다. 그들이 가까이 있는지 멀리 있는지 가늠이 되지 않았다. 이어서 실내에서 누군가 둔탁한 음성으로 무엇인가를 읽는 것이 들렸다. 종이 다시 울리자 피고인석의 문이 열렸다. 실내의 정적이 나를 엄습했다. 그 정적, 젊은 신문기자가 내게서 눈길을 돌릴 때 받은 이상야릇한 느낌. 나는 마리 쪽을 바라보지 않았다. 그럴 틈이 없었다. 재판장이 기이하게 형식적인 어조로 내 머리가 공공 광장에서 프랑스 국민의 이름으로 참수된다고 말했기 때문이다. 그때 나는 모든 얼굴들에 어린 느낌을 깨달은 듯했다. 배려심이라는 생각이 들었다. 경찰관들이 매우 친절하게 굴었다. 변호사가 내 손목에 제 손을 얹었다. 아무 생각도 나지 않았다. 그러나 재판장은 더 할 말이 있느냐고 내게 물었다. 나는 곰곰이 생각했다. 내가 말했다. "없습니다." 그러자 나는 이송됐다.

5

세 번째로 나는 교도소 부속 사제와의 만남을 거부했다. 그에게 할 말이 없고, 말하기 싫었다. 물론 조만간 그를 만나기는 만날 것이다. 지금 내 관심사는 단두대의 기계장치를 피하는 것이고, 하늘이 무너져도 도망칠 구멍이 있는지 알아보는 것이다. 감방이 바뀌었다. 이 감방에서 나는 사지를 뻗고 누워서 하늘을 보고, 하늘만 본다. 하늘의 얼굴에서 색깔이 퇴락하는 가운데 낮이 밤으로 바뀌는 과정을 바라보며 하루하루 보낸다. 드러누워서, 나는 손을 머리에 괴고 기다린다. 나는 몇 번이나 혼잣말로 물어봤는지 모른다. 사형수가 처형 직전에 경찰의 비상 경계선을 뚫고 사라져서 저 무자비한 기계 장치로부터 도망친 사례가 있는지. 진즉에 처형 이야기에 충분히 주의를 기울이지 않은 자신을 책망했다. 누구나 늘 그런 이야기에 관심을 가져야 하는 법이다. 아무도 무슨 일이 생길지 모른다. 모든 사람처럼 나도 신문에서 처형 기사를 읽어봤다. 하지만 내가 호기심을 느끼지 못해서 읽지 않은 전문 서적들이 분명히 있었을 것이다. 나는 어쩌면 탈옥 이야기를 찾았을 것이다. 적어도 한 번은 운명의 바퀴가 멈췄을 때, 아무도 막을 수 없도록 치밀하게 사전 준비를 했을 때 우연과 행운이 단 한 번이라도 뭐라도 바꾼 사례를 배웠을 것이다. 단한 번! 어떤 의미에서 그걸로 충분할 것이다. 나머지는 내 마음이 해냈을 것이다. 신문들은 사회에 진 어떤 빚에 대해 자주 떠들었다. 신문들에 따르면 그 빚을 갚아야 한다는 것이었다. 그러나 그래서는 상상력을 자극하지 못한다. 중요한 것은 탈옥 가능성이었다. 무자비한 처형식 밖으로의 도약, 모든 희망의 기회를 제공하는 광기의 질주. 물론 희망이란 한창 신나게 달리다가 날아온 총탄에 맞아 길모퉁이에서 쓰러지는 것이었다. 그러나 골똘히 모든 것을 생각해보면, 내게는 그런 호사가 허용되지 않았고, 모든 것이 그런 호사를 금지했고, 기계장치가 나를 다시 붙잡았다.

나는 재판의 오만방자한 엄정함을 받아들이고 싶은 마음이 굴뚝같았음에도 그럴 수 없었다. 요컨대 판결이 재판의 엄정함을 받쳐주었고, 그 판결이 내려진 순간부터 재판의 엄정함이 어김없이 전개됐지만, 그 판결과 전개 사이에는 우스꽝스러운 불균형이 존재했다. 판결문이 17시가 아니라 20시에 낭독됐다는 사실, 그 판결문이 다를 수도 있었을 것이라는 사실, 그 판결문이 범속한 사람들에 의해 낭독됐다는 사실, 그 판결문이 프랑스 국민(독일 국민 혹은 중국 인민)이라는 모호한 개념의 이름을 달았다는 사실, 그러니까 그 모든 것들로 인해 내게 떨어진 판결의 진지함이 꽤 많이 깎여버린 듯했다. 그렇지만 판결이 내려지자마자 내가 몸을 비벼대고 있던 감방의 벽만큼이나 그 효과가 확실하고 진지하다는 사실을 인정하지 않을 수 없었다.

그 순간 나는 엄마가 아버지에 대해 들려준 이야기를 떠올렸다. 나는 아버지의 얼굴을 몰랐다. 그 남자에 대해 내가 확실히 아는 거라곤 엄마가 들려준 이야기뿐이었을 것이다. 그는 살인범의 사형 집행을 보러 갔다. 그는 거기에 간다는 생각만으로 병까지 났다. 하지만 그는 가고 말았고, 돌아와서는 오전 중 한동안 구토를 해댔다. 그 이야기를 들었을 때는 아버지가 역겨웠다. 지금은 이해했다. 당연한 일이었다. 사형 집행보다 더 중요한 일은 없었고, 요컨대 그것은 한 인간에게 가장 흥미로운 일이었음을 그때 나는 어찌 깨닫지 못했던가. 만약 내가 출옥한다면, 모든 사형 집행을 구경하러 가겠다. 물론 내가 보기에는 어처구니없는 생각이었다. 왜냐하면 동틀 무렵에 경찰의 비상 경계선 바깥에서 자유로운 나를 상상하기만 해도, 또 한편으로는 사형 집행을 보러 온 구경꾼이 되고 나중에 구토하는 나를 상상하기만 해도 쓰디쓴 즐거움의 물결이 심장까지 치솟았기 때문이다. 하지만 그건 어림없는 일이었다. 그런 가설에 탐닉하는 건 옳지 않았다. 곧바로 끔찍하게 추워져 나는 담요를 뒤집어쓰고 움츠러들었다. 치아가 맞부딪치는 걸 멈출 수 없었다.

그러나 당연히 사람은 언제나 이성적일 수 없다. 때때로, 예를 들어서 나는 법률을 개정할 수 있었다. 나는 형벌 제도를 개혁할 수 있었다. 나는 죄인에게 한 차례 기회를 주는 것이 개혁의 본질이라고 지적했다. 천 번에 한 번이라도 사태를 잘 정리하기에는 충분했다. 열 번에 아홉 번은 환자를 죽이는 화학적 혼합물이 개발될 수 있을 듯했다(나는 환자를 떠올렸다). 환자에게 그 확률을 주지시키는 조건이었다. 곰곰이 생각해보고, 차분하게 고려해봤더니, 나는 기요틴의 결점이 절대적으로 단 한 번의 기회도 주지 않는 것이라는 결론에 이르렀다. 그것은 결정된 사안이었고, 종결된 수단이었고, 무난하게 합의됐고, 돌이킬 수 없었다. 만약 칼날이 빗나간다면, 다시 시작해야 했다. 그로 인해 짜증 나게도 사형수는 기계가 잘 작동되기를 바라야만 했다. 말하자면 그것이 결점이다. 한편으로는 맞는 말이다. 하지만 또 한편으로는 모든 우수한 조직의 비결이 바로 그 점이라는 것을 나는 인정하지 않을 수 없었다. 요컨대 사형수는 정신적으로 협조하지 않을 수 없었다. 모든 것이 차질 없이 작동하는 것이 그에게 유익했다.

지금까지 나는 이 문제와 관련해서 옳지 않은 생각을 지니고 있었음을 인정하지 않을 수 없었다. 나는 오랫동안(그 이유는 모르겠지만) 기요틴에 접근하기 위해서는 단두대 계단을 밟고 힘겹게 올라가야 한다고 생각했다. 그것은 1789년 혁명 때문이었다. 내가 배워서 알게 된 모든 지식 탓이었다고 말하고 싶다. 그러나 어느 날 아침 나는 충격적인 사형 집행을 보도한 신문 기사의 사진 한 장을 떠올렸다. 정말로 그 기계장치는 너무나 자명하게 지상에 설치되었다. 내 상상보다는 비좁았다. 희한하게도 그 사실을 전에는 깨닫지 못했다. 기요틴이 너무나 정밀하게 제작됐고, 반들반들 윤이 나고 휘황찬란해서 놀라웠다. 사람들은 잘 모르는 일에 대해 늘 과장된 생각을 품기 마련이다. 그와는 달리, 나는 만사가 단순하다는 걸 받아들여야 했다. 그 기계장치는 거기를 향해 걷는 사람의 눈높이에 맞춰져 있다. 그는 마치 다른 사람을 만나러 가듯이 걸어간다. 그것 역시 짜증스러웠다. 상상력을 통해 단두대 계단을 걸어 오르고, 열린 하늘로 올라가는 장면이 합쳐졌다. 그런데 기요틴은 그런 생각마저 뭉개버렸다. 누구나 은근슬쩍 처형됐다. 약간은 수치스러우면서 매우 엄정하게.

내가 항상 성찰하는 두 가지 일이 있었다. 새벽과 나의 항소. 그렇지만 나는 제정신을 차리려고 애쓰면서 그 일에 대해 더는 생각하지 않았다. 나는 스트레칭을 하면서 하늘을 바라봤고, 재미있는 것을 찾으려고 노력했다. 하늘이 녹색으로 변해 저녁이 됐다. 나는 생각의 진행 방향을 바꾸려고 애썼다. 심장의 고동 소리에 귀를 기울였다. 그토록 오랫동안 나와 함께한 그 소리가 멈출 수 있음을 상상할 수 없었다. 나는 한 번도 제대로 된 상상을 한 적이 없었다. 그러나 나는 심장박동이 더는 내 머릿속에 들어오지 않는 순간을 떠올리고자 했다. 하지만 부질없는 짓이었다. 새벽과 항소는 여전히 떠올랐다. 마침내 나는 자기 억제란 현명하지 못한 짓이라고 혼잣말을 하고 말았다.

그들이 오는 때가 새벽임을 나는 잘 알고 있었다. 결국 나는 새벽을 기다리면서 밤을 보냈다. 나는 절대로 혼비백산하고 싶지 않았다. 무슨 일이 생겨도 제정신을 차리고 있기를 바랐다. 그로 인해 나는 낮에만 잠깐 잠이 들었고, 밤이 새도록 창문에 퍼질 새벽빛을 집요하게 기다렸다. 가장 힘들 때는 그들이 여느 때처럼 근무 중이라는 사실을 깨닫는 미심쩍은 순간이었다. 자정이 지나면, 나는 기다렸고, 동정을 살폈다. 내 귀가 그토록 미세한 소리조차 구별하면서 그토록 많은 소음을 파악한 적이 없었다. 어떤 측면에서는 솔직히 내가 당시 내내 운이 좋았다고 말할 수 있었다. 아무런 발걸음 소리도 듣지 못했으니까. 엄마는 인간이 오롯이 불행하기만 하지는 않다고 자주 말하곤 했다. 하늘이 물들고 새날이 감방 안으로 미끄러져 들어올 때마다 나는 엄마의 말에 동의했다. 당연히 내가 발걸음 소리를 듣고선 심장이 터져버리는 날이 될수도 있었으니까. 조금이라도 미끄러지는 소리가 나기만 해도 나는 문을 향해 튀어 나갔고, 목재에 귀를 바짝 붙인 채 넋이 나간 듯이 기다렸다가 평정심을 되찾아도 숨결이 개의 헐떡거림처럼 걸걸해서 진저리를 쳤다. 아무튼 내 심장은 터지지 않았고, 나는 스물네 시간을 더 얻었다.

그날 내내 항소를 생각했다. 나는 최상의 아이디어를 떠올렸다고 믿었다. 그 효과를 계산했고 곰곰이 생각한 끝에 최상의 결론을 확보했다. 언제나 나는 최악의 상황을 가정했다. 내항소는 기각될 것이다. '허, 참, 그러므로 나는 죽겠구나.' 다른 누구보다도 그 점이 명확했다. 그러나 실제로 삶이란 살아볼 가치가 전혀 없다는 걸 누구나 잘 안다. 결국 사람이 서른 살에 죽으나 일흔 살에 죽으나 별로 대수롭지 않다는 사실을 나는 모르지 않았다. 그 두 가지 경우에도 다른 남자와 다른 여자는 계속 살아가기 때문이었고, 수천 년 동안 그래왔다. 요컨대 그보다 더 명확한 사실은 없었다. 지금이든 20년 뒤이든 간에 죽는 것은 언제나 나 자신이었다. 그 순간, 그렇게 생각하다가, 앞으로 20년을 더 살 것을 생각하니 스스로에게서 느끼게 되는 끔찍한 도약이 나를 약간 불편하게 했다. 그런 생각을 떨쳐내려고 20년을 그래도 더 산 경우에 내 생각이 어떨지 상상해봤다. 사람이 죽는 순간, 방법과 시기는 중요하지 않다는 사실은 명백했다. 그러므로(가장 어려운 건 그 '그러므로'가 추론을 통해 표상하는 모든 것을 시선에서 놓치지 않는 일이었다), 그러므로 나는 항소기각을 받아들여야 했다.

그 순간, 오로지 그 순간에, 이를테면 나는 두 번째 가설에 접근하도록 스스로 허락할 권리를 지니고 있었다. 나는 사면받을 것이다. 그런 생각이 들 때 성가신 일이 있었다. 내 두 눈을 이상야릇한 기쁨으로 찔러대는 피와 몸의 약동을 억눌러야 했다. 그 외침을 줄이고, 이성적으로 고찰하려고 집중해야 했다. 나는 항소기각이라는 첫 번째 가설을 감내해야 할 개연성을 더 높이기 위해 두 번째 가설 앞에서 차분해야 했다. 그 일을 해내자 나는 한 시간 동안의 평정심을 얻었다. 아무튼 대단한 느낌이었다.

그 무렵인가 나는 부속 사제의 면회를 한 차례 더 거절했다. 나는 쭉 뻗어 누워서 어느 정도 금빛이 된 하늘을 통해 여름 저녁의 접근을 짐작했다. 나는 항소를 포기한 참이었다. 몸속에서 일정하게 순환하는 혈액의 물결을 느꼈다. 나는 부속 사제를 만날 필요가 없었다. 아주 오래간만에 나는 처음으로 마리에 대해 생각했다. 그녀가 더는 편지를 보내지 않은 지 오래됐다. 그날 나는 곰곰이 생각하면서 그녀가 사형수의 정부 노릇에 지쳤으리라고 혼잣말했다. 그녀가 어쩌면 아프거나 죽었을지도 모른다는 생각도 들었다. 그런 일이 일어날 수도 있었다. 내가 어찌 알겠는가. 지금 떨어져 있는 우리 두 사람의 육체 말고는 아무것도 우리를 이어주지 못하고 서로 떠올리게 하지도 못하는데. 더구나 그 순간부터 마리에 대한 추억이 내게서 멀어져갔다. 죽었을지도 모를 그녀는 더는 내 흥미를 끌지 못했다. 그것이 당연하다는 생각이 들었다. 내가 죽은 뒤 사람들에게 잊힌다는 사실과 마찬가지였다. 사람들은 더는 나와 아무런 상관이 없었다. 그런 생각이 힘들다고 말할 수조차 없었다.

바로 그 순간에 부속 사제가 들어왔다. 그를 보자 내 몸이 가볍게 떨렸다. 그는 눈치를 채고는 두려워하지 말라고 말했다. 나는 그가 평상시에는 다른 시간에 왔었다고 지적했다. 그는 우정의 방문이라면서 내 항소와는 아무런 관련이 없다고 대꾸했다. 그는 항소에 대해 아무것도 몰랐다. 그는 내 침상에 앉더니 가까이 오라고 권했다. 아무튼 매우 온화한 인상을 풍겼다.

그는 두 팔을 뻗어 무릎에 얹고는 머리를 숙여 두 손을 보면서 잠시 앉아 있었다. 군살이 없고 근육질인 두 손은 민첩한 동물 두 마리를 떠올리게 했다. 그는 양손을 천천히 비볐다. 이어서 그가 머리를 숙인 채 너무 오랫동안 앉아 있은 나머지 잠시 나는 그를 잊었다는 느낌이 들었다.

그러나 갑작스레 그가 머리를 들더니 나를 정면으로 바라봤다. "왜 당신은 내 면회를 거절했나요?" 나는 신을 믿지 않는다고 답했다. 그는 내가 확신하는지 알고자 했고, 나는 신에게 부탁할 일이 없다고 말했다. 그것은 내게 중요하지 않은 문제였다. 그러자 그는 몸을 뒤로 젖히더니 두 손을 힘없이 허벅지에 댄 채 머리를 벽에 기댔다. 거의 나는 안중에도 없다는 표정을 지으면서 그는 사람들이 때때로 확신하지만, 실제로는 그렇지 않다고 주장했다. 나는 아무 말도 하지 않았다. 그가 나를 바라보더니 물었다. "어떻게 생각하세요?" 나는 그럴 수 있다고 대답했다. 아무튼 실제로 내 관심사가 무엇인지는 확실하지 않지만, 내 관심사가 아닌 것이 무엇인지는 오롯이 확실했다. 그리고 정말로, 그가 말하는 내용은 내 흥미를 끌지 못했다.

그는 시선을 돌리면서 여전히 자세를 바꾸지 않은 채 혹시 내가 너무 절망한 나머지 그렇게 말한 것은 아니냐고 물었다. 나는 절망하지 않았다고 그에게 설명했다. 나는 단지 두려웠고, 그건 매우 당연했다. 그는 "하느님은 그렇다면 당신을 도울 것입니다"라면서 "당신과 똑같은 처지에 놓였던 사람들이 모두 하느님의 품에 안겼습니다"라고 강조했다. 그것은 그들의 권리라고 내가 인정했다. 그들이 그럴 시간이 있었다는 증거이기도 했다. 내 경우엔 사람들의 도움을 바라지 않았고, 내 흥미를 끌지 않는 일에 흥미를 느낄 시간도 없었다.

그 순간에 그는 짜증스럽다는 듯한 손짓을 취했지만, 자세를 가다듬고서 옷 주름을 만지작거렸다. 그러고 나서 그는 나를 바라보며 "내 친구"라고 불렀다. 그런 호칭은 내가 사형선고를 받아서가 아니라고 했다. 그의 말에 따르면, 우리는 모두 사형선고를 받았다는 것이다. 나는 그의 말허리를 자르고선 우리는 똑같지 않고, 게다가 그런 말은 전혀 위안이 되지 않는다고 말했다. "물론 그렇죠"라고 그는 동의하더니 "당신은 오늘 죽지 않더라도 나중에는 죽을 겁니다. 그때도 똑같은 질문이 제기될 겁니다. 당신은 어떻게 그 끔찍한 시련을 감당하려고 합니까?"라고 물었다. 나는 지금 감당하고 있는 바와 똑같이 감당할 것이라고 답했다.

그는 그 말에 일어서며 내 눈을 똑바로 바라봤다. 내게 익숙한 놀이였다. 나는 에마뉘엘 또는 셀레스트와 함께 종종 그렇게 놀았고, 대개 그들이 먼저 눈길을 돌렸다. 부속 사제도 그 놀이에 능숙하다는 걸 나는 이내 알아차렸다. 그의 시선은 흔들리지 않았다. 그는 목소리도 떨지 않은 채 내게 말했다. "그렇다면 당신은 아무런 희망도 품지 않고서, 당신이 남김없이 죽어 사라진다는 생각을 지닌 채 살고 있나요?" 나는 "네"라고 말했다.

그러자 그는 고개를 떨구더니 다시 앉았다. 그는 내가 가엾다고 말했다. 내 생각은 인간으로서는 감당하기 불가능하다고 진단했다. 나는 그가 성가시기 시작했다고 느낄 따름이었다. 이번에는 내가 몸을 돌려서 채광창 밑으로 갔다. 나는 어깨를 벽에 기댔다. 귀를 기울이지는 않았지만, 그가 재차 물어보기 시작한 질문들을 들었다. 그는 암담하고 절박한 음성으로 말했다. 나는 그가 흥분했음을 알아차렸고, 그의 말을 귀담아들었다.

그는 내 항소가 받아들여지리라고 확신하지만, 내려놓아야 할 죄의 무거운 짐을 스스로 짊어지고 있다고 말했다. 그의 말에 따르면, 인간의 정의는 아무것도 아니고, 하느님의 정의가 전능하다는 얘기였다. 나에게 유죄판결을 내린 쪽은 인간의 정의라고 내가 지적했다. 그는 그렇지만 그것이 내 죄를 정화하지는 못한다고 받아쳤다. 나는 죄가 무엇인지 모른다고 말했다. 남들은 내가 죄인이라는 것을 가르쳐줄 뿐이었다. 나는 유죄판결을 받았고, 대가를 치르고 있으니 나에게 더는 요구할 수 없었다. 그때 그가 다시 일어섰다. 이처럼 좁은 감방 안에서 그가 휘젓고 싶더라도 딱히 어쩔 수가 없다는 생각이 들었다. 앉아 있거나 서 있어야 했다.

나는 바닥에 시선을 고정했다. 그가 내 쪽으로 한 걸음 옮기더니 마치 더는 나갈 엄두가 나지 않는 듯이 딱 멈췄다. 그는 쇠창살을 통해 하늘을 바라봤다. "몽 피스, 당신은 착각하고 있어요"라고 그가 말했다. "사람들이 더 요구할 수 있어요. 아마도 요구할 겁니다." "뭘 말입니까?" "보라고 요구할 겁니다." "뭘 보라는 거죠?"

신부는 주변을 빙 둘러보더니 갑자기 무척 지친 듯한 목소리로 대답했다. "내가 알기로는, 감방의 돌들은 모두 고통의 땀을 발산하고 있어요. 나는 그걸 볼 때마다 고통스러워했어요. 하지만 진심으로 말해서, 당신들 가운데 가장 비참한 사람들도 저마다의 어둠에서 벗어나 신성한 얼굴을 봤답니다. 사람들이 보라고 요구하는 것이 바로 그 얼굴입니다."

나는 약간 발끈했다. 지난 몇 개월 동안 그 벽을 들여다봤다고 말했다. 이 세상에서 그 벽보다 더 잘 아는 것은 그 무엇도,

그 누구도 없다고 말했다. 어쩌면 아주 오래전에 내가 거기서 어떤 얼굴을 찾아보긴 했을 것이다. 그 얼굴은 태양의 색깔과 욕정의 불꽃을 지니고 있었다. 마리의 얼굴이었다. 나는 그것을 찾았지만 헛일이었다. 이제 그 짓은 끝났다. 그리고 아무튼 돌의 땀에서 솟아나는 것이라곤 아무것도 보지 못했다.

부속 사제는 왠지 슬픈 표정으로 나를 바라봤다. 나는 완전히 벽에 등을 기댔고, 낮빛이 이마 위를 지나갔다. 그는 몇 마디 말했지만 나는 듣지 않았고, 그가 갑자기 내게 포옹해도 되느냐고 물었다. "아니요"라고 나는 대답했다. 그는 몸을 돌려 벽을 향해 걸어가더니 손으로 쓰다듬었다. "당신은 그토록 이 지상을 사랑합니까?"라고 그가 물었다. 나는 아무런 대꾸도 하지 않았다.

그는 오랫동안 등을 돌린 채 서 있었다. 그의 존재가 나를 짓눌렀고 귀찮았다. 내가 그더러 그만 가서 나를 내버려두라고 말할 참이었는데, 그가 별안간 나를 향해 몸을 돌리더니 폭발하듯이 외쳤다. "아니요, 나는 당신을 믿을 수 없어요. 당신도 때때로 다른 삶을 원했다고 나는 확신합니다." 나는 물론이라고 답했지만, 다만 부자가 되는 것이나 빨리 수영하는 것이나 잘생긴 입술을 바랄 따름이었다. 그것들은 동급이었다. 그는 내 말을 멈추게 하더니 내가 생각하는 다른 삶이란 무엇이냐고 물었다. 그래서 나는 외쳤다. "지금의 삶을 추억

할 수 있게 하는 삶"이라고 말한 뒤 곧바로 그에게 이제 그만
하라고 말했다. 그는 또다시 신에 대해 이야기하고자 했지만,
나는 그에게 다가가서 내게 남은 시간이 많지 않다고 마지막
으로 설명하려고 했다. 나는 신 때문에 그 시간을 낭비하고
싶지 않았다. 그는 왜 내게 자기를 '아버지'라고 부르는 대신
'선생님'이라고 부르는지 물으면서 주제를 바꾸려고 애썼다.
나는 신경질이 난 나머지 그가 내 아버지는 아니라고 받아쳤
다. 그는 다른 사람들의 편이었다.

"아닙니다, 몽 피스." 그는 내 어깨에 손을 얹으면서 말했다.
"나는 당신 편입니다. 당신의 심장이 눈멀어서 그걸 알 수 없
습니다. 나는 당신을 위해 기도할 겁니다."

그러자 왜인지는 모르겠지만, 내 속에서 무엇인가가 폭발
했다. 나는 고래고래 소리 지르기 시작했고 그에게 악다구니
를 치면서 나를 위해 기도하지 말라고 말했다. 나는 사제복의
목깃을 붙잡았다. 나는 심장이 쾌감과 분노로 뒤섞여 두근거
리는 가운데 그에게 내 본심을 모조리 쏟아부었다. 그는 자신
만만한 표정을 지었지. 안 그런가? 그렇지만 그의 확신은 여
자의 머리카락 한 올만도 못했어. 그는 심지어 삶에 대한 확
신도 없었지. 죽은 사람처럼 살고 있었으니까. 나야 뭐, 가진
게 없지. 그러나 나는 그보다 훨씬 더 나를, 모든 것을, 내 삶
을, 다가올 죽음을 확신했어. 그래, 내겐 그뿐이었지. 하지만

그것이 나를 쥐고 있는 만큼 내가 그것을 쥐고 있었어. 나는 옳았고, 나는 계속 옳았고, 나는 언제나 옳았어. 나는 이렇게 살았는데, 저렇게 살 수도 있었을 거야. 나는 이렇게 했고, 저렇게 하지 않았어. 나는 설사 이런 일은 했더라도 저런 일은 하지 않았어. 그러고 나서는? 나는 언제나 이 순간을, 내가 당당해질 이 동틀 녘을 기다려온 듯했어. 아무것도 대단치 않았고, 나는 그 까닭을 잘 알았어. 사제인 그 역시 알았지. 내가 살아온 그 부조리한 일생 내내 내 미래의 심연으로부터 음산한 숨결이 아직 오지 않은 세월을 거쳐 내 쪽으로 불어왔고, 그 숨결은 스쳐 지나가면서 내 삶의 현재만큼이나 비현실적인 지난 세월의 모든 것을 고만고만하게 만들었어. 타인들의 죽음, 모성의 사랑 따위가 뭐가 그리 대단한가? 그의 하느님, 사람들이 고르는 삶, 사람들이 선택하는 운명 따위가 뭐가 그리 대단한가? 오로지 단 하나의 운명만이 나를 선택할 테고, 나와 더불어 그와 마찬가지로 서로 호형호제하는 수십억 명의 사람들을 선택할 테니까 말이야. 그가 이해했는가, 도대체 그가 이해했는가? 누구나 선택되었지. 선택된 사람들만 있을 뿐이야. 다른 사람들 역시 언젠가 사형선고를 받을 거야. 사제인 그 역시 선고를 받을 거야. 살인죄로 기소되었는데, 어머니 장례식에서 울지 않았다는 이유로 처형된들 뭐가 그리 대단한가? 살라마노의 개는 그의 아내나 마찬가지였어. 자그마한 자동인형 여인도, 마송이 결혼한 그 파리 여자나 나랑 결혼하기를 바란 마리나 마찬가지로 죄인이야. 셀레스트가 레몽보다 낫지만, 레몽이 내 절친이라고 한들 뭐가 그리 대단한가? 마리가 오늘 새로운 뫼르소에게 입술을 준다고 한들 뭐가 대단한가? 도대체 그는 이해했는가? 이 사형수를, 그리고 미래의 심연으로부터……. 이 모든 걸 외쳐대느라 숨을 헐떡거렸다. 그러나 벌써 교도관들이 내 손을 사제에게서 떼어냈고, 나를 윽박질렀다. 그러나 사제는 그들을 진정시켰고, 말없이 한동안 나를 바라봤다. 그의 눈에는 눈물이 그렁그렁했다. 그는 돌아서더니 사라져버렸다.

그가 떠나자 나는 평정심을 되찾았다. 나는 기진맥진한 나머지 침상에 몸을 던졌다. 나는 잠이 들었던 모양이다. 내가 깨어나자 별이 얼굴 위에서 빛나고 있었다. 들판의 소음이 내게까지 올라왔다. 밤 내음, 흙 내음, 소금 내음이 내 관자놀이를 시원하게 스쳤다. 잠든 여름의 경이로운 평화가 내 속으로 물결처럼 밀려 들어왔다. 그때, 밤이 끝나가는 가운데 뱃고동 소리가 울렸다. 이제 나와는 영원히 무관한 하나의 세계로의 출발을 알리고 있었다. 참으로 오래간만에 엄마 생각이 났다. 엄마가 왜 일생의 막바지에 '약혼자'를 얻었는지, 왜 다시 삶을 시작해보려고 모험했는지 이해할 듯했다. 그곳, 생명이 꺼져가는 양로원, 그곳 주변에서도 저녁은 아쉬움이 섞인 평온함 같았다. 죽음이 임박하자 엄마는 자유로워져서 모조리 다시 살아볼 준비가 됐다고 느낀 모양이었다. 아무도, 아무도 그녀를 두고 울 권리는 없었다. 그래서 나 역시 다시 살아볼 채비가 됐다고 느꼈다. 마치 잠들기 전의 그 엄청난 분노가 내 번뇌를 씻어주고 희망을 비워버린 듯이, 온갖 기호와 별들로 충만한 이 밤을 마주하고 서서 나는 처음으로 세계의 애정 어린 무관심에 자신을 열어줬다. 그 세계가 꼭 나와 똑같고, 형제 같다는 깨달음에 이르자 나는 전에도 행복했었고, 여전히 행복하다는 느낌이 들었다. 모든 것이 종언을 고하고, 내가 덜 외롭기 위해 남은 단 하나의 바람은, 내 처형식 날 숱한 사람들이 와서 증오의 함성으로 나를 맞아달라는 것이었다.

부록

미국판 서문

아주 오래전에 나는 매우 역설적인 줄 알면서도 한 문장으로 《이방인》을 요약했다. '우리 사회에서 엄마의 장례식 때 울지 않는 사람은 누구나 사형선고를 받을 위험에 놓인다.' 나는 내 책의 주인공이 규범에 충실하지 않았기 때문에 유죄판결을 받았다고 말하고 싶을 뿐이었다. 그런 측면에서 볼 때, 그는 그가 살고 있는 사회의 이방인이다. 그는 개인적이고, 고독하고, 감각적인 삶의 주변부에서 소외된 채 떠돈다. 그런 까닭에 독자들은 그를 일종의 낙오자로 여기곤 했다. 그러나 사람들이 뫼르소가 왜 규범에 충실하지 않았는지 자문한다면, 그나마 작가의 의도에 더 부합하면서 그 인물에 대해 더 정확한 생각을 갖게 될 것이다. 대답은 간단하다. 그는 거짓말하기를 거부한다. 거짓말, 그것은 있지 않은 것을 말하는 것만은 아니다. 또한 그것은 있는 것보다 더 많이 말하는 것이고, 인간 심리에 비추어 볼 때, 느끼는 것보다 더 많이 말하는 것이다. 그건 우리가 매일 삶을 단순화하기 위해 하는 일이다. 뫼르소는, 겉보기와는 달리 삶의 단순화를 바라지 않는다. 그는 있는 것을 말하고, 자신의 감정을 감추려고 하지 않는다. 그러자 사회는 곧바로 위협을 느낀다. 예를 들어서 사람들은 신성한 공식에 맞추어 그에게 자신의 범죄를 후회하는지 물어본다. 그것에 대해 그는 실제로 후회보다는 권태를 더 느낀다고 대답한다. 그래서 그런 말투 때문에 그는 유죄판결을 받는다.

내가 보기에 뫼르소는 따라서 낙오자라기보다는 그늘을 남기지 않는 태양을 사랑하는, 헐벗고 솔직한 사람이다. 모든 감성을 상실하기는커녕 심오하고 집요한 열정, 즉 절대와 진실을 향한 열정이 그를 살아 있게 하기 때문이다. 그것은 물론 부정적 진실, 즉 존재와 감성의 진실이지만, 그것 없이는 어느 누구도 자신을 정복하는 것이 불가능하다.

따라서 사람들은 《이방인》에서 영웅적 태도를 전혀 취하지 않은 채 진실을 위해 죽기를 받아들이는 한 사람의 이야기를 읽으면서 크게 오해하지 않을 것이다. 덧붙여서 나는 우리가 기릴 만한 유일한 예수 그리스도를 내 주인공 속에 그려 넣으려고 했음을 또다시 역설적으로 말하게 된다. 내 설명을 들고 나면, 결코 신성모독을 의도하지 않은 한 명의 예술가가 약간의 역설적 애정만 지닌 채 스스로 창조한 인물들을 가엾게 여길 권리를 지니고 있음을 이해하게 될 것이다.

알베르 카뮈

해설

태양의 두 얼굴

알베르 카뮈의 문학에서 태양은 눈부시게 핵심을 차지해왔다. 지중해의 태양은 카뮈가 성장한 알제리의 수도 알제의 풍광을 대표하기 때문에 카뮈는 알제를 가리켜 '여름의 도시'라고 불렀다. 태양은 빈곤한 가정에서 태어난 카뮈가 바다와 더불어 그나마 마음껏 누린 자연의 선물이기도 했다. 그는 "무엇보다도 가난은 내게 한 번도 불행인 적이 없었다. 빛이 제 풍요로움을 가난 위에 베풀어줬다"라고 산문집 《안과 겉》(1937) 서문에 쓰기도 했다.

카뮈가 젊은 시절에 쓴 산문집 《결혼》(1938)을 펼치면, 지중해의 여름을 맞은 알제의 활기찬 풍경이 한눈에 들어온다. "그리고 8월로 접어들어 태양이 더 작열함에 따라 흰색 집들은 더 눈부시고, 사람들의 살갗은 더 짙은 열기를 띤다. 그러니 태양과 계절에 발맞춰 돌과 살이 나누는 대화에 어찌 휩쓸리지 않을 수 있겠는가?"(〈알제의 여름〉에서).

카뮈가 1942년에 출간한 첫 소설 《이방인》의 주인공 뫼르소는 작열하는 태양 아래 드러난 자신의 민낯을 자주 보여줬다. 카뮈는 《작가 수첩 2》(1964)에서 "《이방인》은 부조리에 직면한 인간의 벌거벗음을 묘사한다"라고 밝힌 적도 있다. 그렇다면 카뮈가 말하는 부조리란 무엇인가? 카뮈의 철학 에세이 《시시포스의 신화》(1942)에 따르면, "인간과 자신의 삶, 배우와 무대장치의 절연이 문자 그대로 부조리의 감정"이라는 것이다. 거울 속에 비친 자신의 이미지에서 이방인을 발견하는 것도 부조리의 사례로 제시한 카뮈는 "인간의 호소와 세계의 어처구니없는 침묵 사이의 대립에서 부조리가 태어난다"라고 설파하기도 했다. 그런 맥락에서 《이방인》은 뫼르소가 스스로 이방인처럼 느끼는 부조리의 감정을 암시했다가 살인을 저지른 뒤 사회적으로 이방인 취급을 당한 끝에 사형 선고를 받고 실존적 부조리의 최종 단계인 죽음에 직면하는 과정을 그려냈다.

카뮈는 뫼르소가 마주한 부조리를 형상화하기 위해 태양을 소설 속에 여러 차례에 걸쳐 등장시키면서 뫼르소의 성격과 심리를 묘사했다. 프랑스에서 출간된 《알베르 카뮈 사전》에 따르면, 태양은 카뮈의 문학에서 감성과 상징 두 가지 측면에서 대비되는 의미를 지닌다고 한다. 우선 태양은 감성적으로 카뮈의 유년기와 청년기에 밀접하게 연결되어 있고, 지중해의 자연을 통해 얻은 즉각적 일체감의 순간들을 되살린다는 것이다. 한편 상징적으로 태양은 자연의 영원한 청춘을 숨막히도록 아름답게 확인해주지만, 사막과 도시를 하얗게 질식시키면서 잔혹한 자명성을 휘두른다고 풀이한다. 그렇지만 궁극적으로 카뮈는 내면에 깃든 '불굴의 여름'을 삶의 동력원으로 삼아 현실의 비극성을 극복하려고 했다.

양로원으로부터 모친이 사망했다는 전보를 받은 뫼르소는 오후 2시에 출발하는 시외버스를 타고 양로원으로 가던 중 더위에 지쳐 잠이 들었다. '길에 강렬하게 반사된 햇빛에 눈까지 부셨다'라고 할 정도로 태양은 사정없이 지열을 달궜다. 옆자리에 앉은 군인과 더는 대화하지 않으려는 뫼르소의 낯가림은 평소의 과묵한 성격에 따른 반응이지만, 지나친 더위는 낯선 사람과의 의례적 대화를 귀찮게 여기는 뫼르소의 '귀차니스트' 면모까지 도드라지게 했다. 뫼르소는 평소 타인과의 관계에서 '귀찮다', '번거롭다', '성가시다', '이골이 났다'라는 말을 자주 구사했다. 사회성 부족이 뫼르소를 '이방인'으로 만든 요인 중 하나가 됐다.

뫼르소는 양로원에 가서 모친의 죽음을 확인한 뒤 밤샘을 하고 나서 이튿날 오전 10시에 시작한 장례식에 참석했다.

"하늘은 벌써 태양으로 가득 찼다. 태양은 대지를 짓누르고, 더위는 급격하게 치솟았다. 이유는 모르겠지만 행진이 시작되는 데 한참이 걸렸다. 나는 검은 상복을 입고 있어서 더위에 시달렸다." 뫼르소는 무더위에 무방비로 노출된 주변 풍경을 보면서 "끓어넘치는 태양으로 인해 전율하는 그 풍경은 무정하고 참담했다"라고 내뱉었다. 공동묘지를 향해 가는 장례식 행렬은 더위와 싸워야 했다. 폭염에 녹아내린 아스팔트의 타르 냄새, 더위에 지친 낙오자를 향한 짜증과 연민, 놀라운 속도로 중천에 뜬 태양의 가혹함이 뫼르소의 진을 빠지게 했다. 이윽고 행렬은 성당이 있는 마을에 접어들었고, 뫼르소의 곁에 있던 간호사가 한마디 했다. "천천히 간다면, 일사병에 걸릴 위험이 있어요. 하지만 우리가 너무 빨리 간다면, 땀투성이가 돼 차가운 성당 안에서 오한에 시달리게 됩니다."

뫼르소는 "그녀의 말이 옳았다. 빠져나갈 출구가 없었다"라고 수긍했다. 뜨거운 태양뿐만 아니라 그것이 상징하는 절대자의 권능 아래 이래도 죽고 저래도 죽어야 하는 인간은 비상구조차 없는 상황에 놓여 있다는 것. 그러한 뫼르소의 허무주의와 냉소주의 또한 그를 '이방인'으로 만드는 데 일조했다.

그러나 태양이 이 소설에서 늘 부정적 이미지를 지니는 것은 아니었다. 뫼르소가 애인 마리와 함께 어느 토요일에 해수욕을 즐길 때 태양은 행복의 절정을 가리켰다. "오후 4시의 태양은 그리 뜨겁지 않았지만, 낮은 파도가 길게 이어지면서 나른하게 넘실대는 가운데 바닷물은 미지근했다. (……) 마리가 내게 와서 물속에서 몸을 밀착했다. 그녀가 자신의 입술을 내 입술에 포갰다. 그녀의 혀가 내 입술을 상큼하게 했고, 우리는 한동안 물결을 타면서 뒹굴었다."

퇴르소는 태양과 바다가 만나는 순간에 마리와 함께 사랑의 희열에 빠졌다. 카뮈의 에세이 《결혼》 중 한 대목을 떠올리게 한다. "나는 옷을 모두 벗어 던진 뒤 아직 대지의 향유 내음을 풍기는 몸을 바다에 던져 땅의 정기를 바닷물로 씻어야 한다. 그토록 오래전부터 대지와 바다가 입술을 맞대고 열망한 포옹을 내 살갗 위에서 이뤄줘야 한다"라고 청년 카뮈가 외치지 않았던가.

《이방인》의 제1부 마지막 대목은 태양의 이중성을 동시에 보여줬다. 운명의 어느 일요일. 퇴르소는 마리와 함께 찬란한 태양의 빛 세례를 받으면서 해수욕을 즐겼다. 그는 귀엽게 웃는 그녀를 보면서 생애 처음으로 결혼할지도 모르겠다는 느낌에 이르렀다. 태양이 안긴 행복이 까칠한 남자 퇴르소를 엄청나게 바꿔놓았다. 그는 마리에게 사랑한다는 그 진부한 말을 건네는 것조차 거부했고, 사랑하지 않더라도 그녀가 원하면 결혼해주겠다고 흰소리를 떨었던 남자였는데, 일요일의 태양 아래 해수욕 이후 갑자기 착한 남자가 됐다.

하지만 한낮의 태양이 뫼르소의 부조리한 운명을 결정지었다. 붉게 작열하는 태양, 햇빛에 부풀어 오른 이마, 아랍인의 칼날에 반사된 햇빛에 두 눈이 후벼 파이는 듯한 고통. 뫼르소는 한 발의 사격에 이어서 불행의 문을 급하게 네 차례 두드리듯이 네 발을 더 쏘았다. 그는 총을 쏘기 전에 "땀과 햇빛을 떨쳐버렸다"라고 말했는데, 태양을 뒤흔들었다는 비유적 의미도 담고 있다. 아무튼 그는 살인을 저지름으로써 사회적으로 배제될 '이방인'의 자리에 온몸을 던진 셈이었다. 상징의 차원에서 보자면, 그는 태양을 향해 쏘지 말았어야 했다. 그 바람에 그는 실존적으로도 '이방인'으로 추락했다.

소설의 제2부는 뫼르소의 수감 생활과 예심판사의 신문, 법정 공방, 그리고 처형을 앞둔 마지막 밤으로 이어졌다. 제1부에서 그토록 자주 등장한 태양은 뫼르소가 구속된 공간 바깥에 머문 채 얼굴을 내밀지 않았다. 뫼르소는 11개월이나 걸린 신문 과정 중 범죄를 뉘우치는 발언을 하지 않았다. "권태로움을 절감한다"라고 말할 따름이었다. 물론 그는 범죄를 순순히 시인했고, 정당방위라거나 심신미약 같은 핑계도 대지 않았다. "별로 할 말이 없으니까"라는 것이었다.

재판은 무더위가 기승을 부리는 여름에 열렸다. 뫼르소는 부채를 부치는 배심원단을 바라보면서 마치 전차에 일렬로 앉은 승객들이 새로 올라탄 승객을 흥미롭게 지켜보는 듯한 인상을 떠올렸고, 그의 느낌은 제1부에서 모친의 관 앞에서 밤샘할 때 뫼르소를 말없이 바라보던 노인들의 심판하는 듯한 표정과 연결됐다. 뫼르소는 알게 모르게 '재판의 세계'에 직면한 채 살아온 것이었다. 누구나 타인의 시선을 의식하면서, 때로는 존중하거나 복종하면서, 때로는 속이면서 살아가는 것이 아닌가.

뫼르소의 단골 식당 주인은 뫼르소의 과묵한 성격을 가리켜 "허튼소리를 하지 않으려고 말하지 않았을 뿐"이라고 옹호했다. 하지만 뫼르소는 법정에서 자기주장을 펼칠 기회를 얻지 못하고 철저하게 따돌림을 당한 채 '이방인' 역할을 맡아야 했다. 검사는 뫼르소의 과묵함을 파고들어 제멋대로 논리의 잣대를 들이대면서 뫼르소가 모친 장례식에서 '태연자약'한 채 눈물 한 방울도 흘리지 않았다는 증언을 이용해 뫼르소를 패륜아로 몰았다. 모친 장례식에서 눈물을 흘리지 않은 아들은 '정신적으로' 어머니를 살해한 존속 살해범과 다를 바 없다는 것. 공감 능력이 부족한 살인마가 된 셈이었다. 하필이면 뫼르소의 재판 다음에 부친 살해범의 재판이 예정되어 있었기 때문에 뫼르소는 졸지에 그 범죄자에 버금가는 희대의 흉악범이 됐다. 게다가 검사는 우연히 발생한 살인을 사전에 치밀하게 모의한 범죄로 재구성했다. 뫼르소가 보기에는 '하나 마나 한 소리' 같은 자신의 무의미하고 권태로운 삶이 철저한 인과관계에 따른 의미의 사슬로 재구성되는 것이었다.

뫼르소는 최후진술을 통해 살인 동기를 "태양 때문이었다"라고 밝혔다가 법정의 웃음거리가 됐다. 하지만 그의 범행 과정이 담긴 제1부 끝부분을 천천히 되돌아보면 틀린 말이 아니었다. 뫼르소는 거짓말을 하지 않았다. 있지도 않은 사실을 지어내거나 느끼지도 못한 감정을 꾸며내지 않았다. 하지만 그로 인해 그는 사형선고를 받았다. 재판은 한 편의 부조리극이었다.

다만 뫼르소는 재판 기간 중 법정 바깥을 장식한 여름 저녁의 감미로움을 짐작하면서 마음의 위안을 얻었다. 그는 여름의 석양이 물든 거리의 풍경을 추억하고, 과거의 행복을 되새기면서 평정심을 찾곤 했다. 카뮈는 우연의 연속이었던 소설의 전반부를 지나 후반부에서 법정을 중심으로 한 논리의 세계와 뫼르소가 유지해온 비논리의 세계가 충돌하는 과정을 거친 뒤 사형선고를 받은 뫼르소가 감옥에서 실감하는 자기 발견의 이야기로 마무리를 지었다.

뫼르소는 사회적 의례에 기반을 둔 언어 행위를 '하나 마나 한 소리'로 치부했고, '모든 게 별로 다를 바가 없다'라거나 '아무래도 상관없다'라는 식으로 의미 부여를 꺼렸다. 그는 관습과 법률, 종교의 논리에도 순응하기를 거부한 아웃사이더였다. 그는 단두대의 공포에 잠시 시달리다가 체념한 뒤 마침내 항소를 포기하고 마치 인간 조건에 반항이라도 하듯 이 처형을 받아들이기로 했다. 뫼르소의 그 심정을 카뮈가 젊은 시절에 쓴 에세이 《결혼》에서 찾아본다면 다음과 같지 않을까. "내 경우, 자연을 마주하면서 거짓말을 하고 싶지 않고, 사람들이 내게 거짓말하기도 원치 않는다. 나는 끝까지 환하게 깨어 있고 싶고, 내가 지닌 질투와 공포가 넘쳐나는 가운데 나의 최후를 응시하고 싶다."

이어서 카뮈는 서정성이 넘치는 뫼르소의 독백을 통해 가슴 먹먹한 감동을 남기며 소설을 매듭지었다. "잠든 여름의 경이로운 평화가 내 속으로 물결처럼 밀려 들어왔다. 그때, 밤이 끝나가는 가운데 뱃고동 소리가 울렸다"라고 말한 뫼르소는 "이제 나와는 영원히 무관한 하나의 세계로의 출발을 알리고 있었다. 참으로 오래간만에 엄마 생각이 났다"라며 회상의 실타래를 풀면서 새로운 깨달음의 경지에 이르렀다. 그는 엄마가 왜 양로원에서 새 약혼자를 얻어서 다시 삶을 시작해보려는 모험을 시도했는지 이해할 듯했다. 그는 엄마가 약혼자와 함께 종종 저녁 산책을 하러 나갔다는 양로원장의 말을 기억했다. 그는 노인들이 마주한 저녁 풍경을 가리켜 "아쉬움이 섞인 평온함"이었을 것이라고 공감했다. 꺼져가는 생명의 불꽃이 아쉬움으로 타올랐겠지만, 그것은 정말 뫼르소가 죽음을 앞두고 느끼게 된 "잠든 여름의 경이로운 평화"와 똑같은 평온함이었다고 생각했다. "그래서 나 역시 다시 살아볼 채비가 됐다고 느꼈다"라고 언급한 뫼르소는 "희망을 비워버린 듯이, 온갖 기호와 별들로 충만한 이 밤을 마주하고 서서 나는 처음으로 세계의 애정 어린 무관심에 자신을 열어 줬다"라며 흡족해했다.

뫼르소는 이어서 "전에도 행복했었고, 여전히 행복하다"라면서 권태롭게 여겼던 자신의 삶을 사랑하고 긍정했다. 카뮈가 《결혼》에서 쓴 표현을 빌리자면, 뫼르소는 그 순간 고독했지만, 충만감 속에서 고독하기에 외롭지 않았다고 이해할 수 있다. 그리고 그가 느낀 "세계의 애정 어린 무관심"이란 모순 어법이 오래도록 《이방인》의 인상적 어휘로 기억되고 있다. 그 의미를 좀 더 파악하려면 카뮈가 1935~1942년에 쓴 노트를 모아서 펴낸 《작가 수첩 1》(1962)의 한 꼭지를 읽어볼 필요가 있다.

"세계와 분리되지 말 것. 누구라도 제 삶을 빛 속에 넣으면 인생에서 실패하지 않는다. 내가 전력을 기울여야 할 것은, 처지와 불행과 환멸 속에서도 세계와의 접촉을 되찾는 것이다. 내 안에 깃든 슬픔 속에서조차 사랑하려는 욕망은 얼마나 대단하고, 여름 저녁에 언덕을 바라보기만 해도 얼마나 황홀하게 도취하는가.

진정한 것과의 접촉, 우선은 자연과의 접촉, 이어서 깨달은 사람들이 빚은 예술과의 접촉, 그리고 내 깜냥이 된다면 나의 예술과의 접촉. 그러지 못하더라도 빛과 물과 도취는 항상 내 앞에 있고, 그리고 욕망의 축축한 입술.

　미소 짓는 절망. 출구는 없지만, 누구나 헛된 줄 아는 지배력을 끊임없이 행사하기. 본질, 길을 잃지 말라. 그리고 이 세계 속에 본디 잠자고 있는 것을 잃지 말라."

박해현

휴머니스트 세계문학 031

이방인

1판 1쇄 발행일 2024년 4월 22일

지은이 알베르 카뮈
옮긴이 박해현

발행인 김학원
발행처 (주)휴머니스트출판그룹
출판등록 제313-2007-000007호(2007년 1월 5일)
주소 (03991) 서울시 마포구 동교로23길 76(연남동)
전화 02-335-4422 **팩스** 02-334-3427
저자·독자 서비스 humanist@humanistbooks.com
홈페이지 www.humanistbooks.com
유튜브 youtube.com/user/humanistma **포스트** post.naver.com/hmcv
페이스북 facebook.com/hmcv2001 **인스타그램** @boooook.h

편집주간 황서현 **편집** 이성근 김대일 김선경 **디자인** 김태형 차민지
조판 아틀리에 **용지** 화인페이퍼 **인쇄·제본** 정민문화사

ISBN 979-11-7087-132-3 04860
    979-11-6080-785-1 (세트)

시즌 1. **여성과 공포**

001 프랑켄슈타인
메리 셸리 | 박아람 옮김

002 회색 여인
엘리자베스 개스켈 | 이리나 옮김

003 석류의 씨
이디스 워튼 | 송은주 옮김

004 사악한 목소리
버넌 리 | 김선형 옮김

005 초대받지 못한 자
도로시 매카들 | 이나경 옮김

시즌 2. **이국의 사랑**

006 베네치아에서의 죽음·토니오 크뢰거
토마스 만 | 김인순 옮김

007 그녀와 그
조르주 상드 | 조재룡 옮김

008 녹색의 장원
윌리엄 허드슨 | 김선형 옮김

009 폴과 비르지니
베르나르댕 드 생피에르 | 김현준 옮김

010 도즈워스
싱클레어 루이스 | 이나경 옮김

시즌 3. **질투와 복수**

011 폭풍의 언덕
에밀리 브론테 | 황유원 옮김

012 동 카즈무후
마샤두 지 아시스 | 임소라 옮김

013 미친 장난감
로베르토 아를트 | 엄지영 옮김

014 너희들 무덤에 침을 뱉으마
보리스 비앙 | 이재형 옮김

015 밸런트레이 귀공자
로버트 루이스 스티븐슨 | 이미애 옮김

시즌 4. **결정적 한순간**

016 노인과 바다
어니스트 헤밍웨이 | 황유원 옮김

017 데미안
헤르만 헤세 | 이노은 옮김

018 여행자와 달빛
세르브 언털 | 김보국 옮김

019 악의 길
그라치아 델레다 | 이현경 옮김

020 위대한 앰버슨가
부스 타킹턴 | 최민우 옮김

시즌 5. **할머니라는 세계**

021 도련님
나쓰메 소세키 | 정수윤 옮김

022 사라진 모든 열정
비타 색빌웨스트 | 정소영 옮김

023 4월의 유혹
엘리자베스 폰 아르님 | 이리나 옮김

024 마마 블랑카의 회고록
테레사 데 라 파라 | 엄지영 옮김

025 불쌍한 캐럴라인
위니프리드 홀트비 | 정주연 옮김

시즌 6. **소중한 것일수록 맛있게**

026 식탁 위의 봄날
오 헨리 | 송은주 옮김

027 크리스마스 잉어
비키 바움 | 박광자 옮김

028 은수저
나카 간스케 | 정수윤 옮김

029 치즈
빌럼 엘스호트 | 금경숙 옮김

030 신들의 양식은 어떻게 세상에 왔나
허버트 조지 웰스 | 박아람 옮김